山海沧桑

李谨峰◎著

中国言实出版社

图书在版编目（CIP）数据

山海沧桑 / 李谨峰著． — 北京：中国言实出版社，
2023.12

ISBN 978-7-5171-4722-0

Ⅰ．①山⋯ Ⅱ．①李⋯ Ⅲ．①长篇小说－中国－当代
Ⅳ．①I247.5

中国国家版本馆CIP数据核字（2024）第024409号

山海沧桑

责任编辑：宫媛媛
责任校对：张国旗

出版发行：中国言实出版社
　　　　　地　　址：北京市朝阳区北苑路180号加利大厦5号楼105室
　　　　　邮　　编：100101
　　　　　编辑部：北京市海淀区花园路6号院B座6层
　　　　　邮　　编：100088
　　　　　电　　话：010-64924853（总编室）　010-64924716（发行部）
　　　　　网　　址：www.zgyscbs.cn　电子邮箱：zgyscbs@263.net

经　　销：新华书店
印　　刷：济南精致印务有限公司
版　　次：2024年4月第1版　2024年4月第1次印刷
规　　格：880毫米×1230毫米　1/32　7.25印张
字　　数：180千字

定　　价：68.00元
书　　号：ISBN 978-7-5171-4722-0

目录

第一章

一

　　阵雨刚过，夕阳用最后的力气撕裂云层，将一抹血色铺向白鹿河。河面上腾起绛紫的雾霭，托着一座又窄又长的白鹿桥。刹那间，东岸的学校、供销社、农机站和蚕茧站，都染上了一层薄金；西岸背阴处，白鹿公社大院，与卫生院薨宇齐平，却又尤显棱角；一座紧挨着桥头、木瓦结构的路寮里，正坐着闲聊的村民，还有歇脚的路人。倘若在昏暗的夜晚，有位模样古怪的婆婆，在路寮前设个茶摊，会让路人误以为走过了奈何桥。路寮前赭色的石板路，由于多年的踩踏被磨得油光发亮，此刻湿漉漉中，漾着血色的涟漪，愈发醒目。石板路一路北行，绕过夕阳芦荻的白鹿洲，直奔梅龙镇。穿过梅龙镇后，石板路又逶迤匍匐着，爬到西山公社的路头村，意思是路的尽头，再往前，便是莽莽的大山了。这条路上的每一块石板，在后来的豆腐郎田真的心里，都如数家珍。他挑着豆腐担，一路吆喝叫卖，会避开松动犹如跷跷板的石板，避免让豆腐变成分文不值的烂稀泥，也免得溅了一身泥浆。

　　白鹿山下，炊烟总是赶在沉红落日之前袅袅升起，那是村民们在赶制明晨叫卖的豆腐。九岁的田真，显然在家里也帮不上什么大忙。天冷时，会打落屋檐下的冰凌，与弟弟分享；偶尔，也会在村民们捣麻糍做粿的石臼里，撬出厚厚的锅底样冰块，当凸透镜，在阳光下聚得一个灼亮的光点，那是他无意中发现的有趣现象，他并不懂光学原理，只想逗弟弟玩。天热时，和弟弟用络麻绳拖着两只鲎帆在地上爬，那东西虽不是螃蟹，模样倒像个背着乌龟壳的超级大螃蟹。父亲田勤俭说，鲎帆总是成双成对地在海涂里出现，也叫马蹄蟹。母亲田招弟说，这东西壳硬肉少，只能腌着吃，最多从中吮吸点儿盐卤下饭，以前都吃怕了，所以现在少有人吃，好在能带着小孩在地上爬。蚂蚁兄弟拖着纺织娘，进了屋，弟弟才从意犹未尽中爬起来。不出一会儿，又拉着他的衣角，吸溜一下不屈不挠的绿鼻涕，指着大樟树浓翠的华盖说："广播嗓子哑了，该喝凉茶了。"于是，他用石头砸烂一个旧电池，将里面的石墨粉埋在广播机地线旁，接着兄弟俩掏出小鸡鸡，对着地线撒了泡童子尿。须臾之间，广播便响起铿锵的声音。父母除了忙农活儿与家务，还要忙着做豆腐。两位姐姐能帮衬点儿，尤其是十五岁的大姐，每天清晨不管刮风下雨都得出门，沿着石板路吆喝叫卖，走完石板路，还要走十几里的山路，回家多半已是午后。大姐小学毕业后，没能上初中，因为家庭成分不好，读书的路不会太长，况且，家里的光景也不容她继续上学。才小学三年级的田真，毕竟玩心还重，他喜欢溜一墙之隔的供销社。

夕阳下，还没到供销社下班时间，常天龙已开始雕蚶镂蛤。他从麻袋里掬出一碗花蚶，在河水里反复搓洗干净。花蚶硕大，比肩板栗，算是贝类珍品。供销社门外，已支起小桌矮凳，煤油炉上坐着一壶陈酿黄酒，壶嘴吐着热气，有生姜与红糖的香味。桌面置有一只搪瓷茶盘，常天龙把花蚶一枚枚整齐地摆在其中，枚枚仰面朝天，像在等待某种洗礼，摆毕，坐等愿者上钩。终于有枚花蚶耐不住寂寞，先是裂开一条小缝，看看没啥动静，又半开门户，探出粉嫩娇滴的蚶肉。常天龙提起酒壶，对准蚶肉一浇，花蚶一颤，无助地敞其所有，呈现一团血红，嬗变为血蚶，他撮起来，含嘴一嘬，血肉连酒，一同下肚，壳里只落下七彩霓裳，像是云母的折射。又一枚花蚶张开，他坐等笑纳，如此反复。一位女孩，在边上吞咽着口水，知道是吃不上花蚶，却是要等那些蚶壳，蚶壳能软坚散结，女孩不知这就是中药瓦楞子，却晓得能兑糖吃。想糖吃，当然要考验她的耐心。女孩尿急了，就蹲下来撒尿，常天龙嘴角一扯，扯出个怪笑，又拾起一枚血蚶……

太阳又站上白鹿山。颜亦水一觉醒来，阳光已涌进卫生院那座青砖小楼的窗户。她若有心事地凭窗眺望，对岸的供销社还沉睡在梦里。于是她便转身坐下，在镜子前仔细捯饬一番，画眉毛、梳理起自己的鱼骨辫子。她一双水灵灵的杏花眼，再配上一对又粗又浓的眉毛，活像电影《红灯记》里的李铁梅。而她也乐意把自己往那儿打扮——一条又粗又长的辫子在后背上晃来荡去，偶尔站在窗前，让辫子深深地躺在胸前的峡谷里，抿着红唇，对着彼岸的供销社发呆。她是一位刚过十六岁的护士，城关人。父亲颜厚德，以前是个阴阳先生，新社会"破四旧"后就没事可做，后来又得了肺结核，长年沉疴不起，苟延残喘的，成了个药罐子；母亲郝秋月，婚后生产头胎时，是身为接生婆的婆婆接的生，婴儿却因"七日风"（破伤风）夭折。婆婆一生接生无数，却晚节不保，搭上了亲孙子，还坏了口碑，在贫困悲伤交加中，忧郁而终。郝秋月因生活所迫，像赶鸭子上架似的接过衣钵，也成了个接生婆。后来，政府推行新法接生，她经改造，学会了新法接生，在东瓯县银溪镇卫生院当上了助产士。颜亦水初中毕业后才十四岁，虚报了两岁，以家属工的名义成了一名护士。家里还有一个上初中的弟弟，叫颜亦金。亦水、亦金，姐弟俩的名字来自阴阳五行"金木水火土"。她每月仅回一次家，因为五分钱的船票和两角五的车票并不便宜。卫生院里才十几个人，院长康医生是"农医班"出身的赤脚医生，家住不远的康宅村。卫生院里没有食堂，与供销社、蚕茧站和农机站一样，大伙都到公社食堂里搭伙。

涮下乡带回来的脏衣服，顺便也钉个扣子什么的。孔主任妻子从县城过来探望时，夸她治好了老伴的多年胃病。社长赞赏她对孔主任的悉心照顾；常天龙因她的饭菜，也送了盒雪花膏。她羡慕起镇上人的穿着打扮，对安排工作、吃上商品粮，那就更有兴趣了。她听说，常天龙的一位亲戚腿脚不好，却能安排到合金厂工作；社长原来那个小保姆，也妥妥地在胶丸厂转了正。

夜深人静时，她偶尔会想起死去的丈夫。看着沉睡中的阿玉，她心想，阿玉要是像那个小保姆一样有个正式工作，该多好呀！阿玉下山后长得疯快，还没到十六岁，已比娘高，五官随了娘，却比娘更精致。偶有年轻人调侃阿玉，无非像常天龙那样都是有家室的人，孔香兰并不上心。外单位留下来吃饭的不少，初次见到阿玉，但凡目光转不了弯的年轻人，都逃不过孔香兰眼睛。暗地里，她打听年轻人的个人情况，甚至故意让阿玉抛头露面。

社长一直对她比较关心，这让她感到温暖。但社长更多的是提醒她，要对孔主任的生活多上心，这种革命友谊让她感动，她去孔主任房间就更频繁了。常天龙不常来吃饭，但每次见到她们娘儿俩，都会见缝插针地提起，给某某人安排了工作。对常天龙送来的温暖，她应以灿若桃花，却叮嘱阿玉冰霜以待。她私下求过社长给阿玉安排个工作。社长面显难色，说："有个亲戚尚未落实，不妨先找孔主任试试，他家眷少，并不为难。"说完，社长顺便从袋里拿出一件的确良碎花衬衫，轻描淡写地接着说："老婆穿不了，太小了。"常天龙适时夸她，的确良衬衫漂亮，雪花膏也香，跟镇上人没什么两样。

国庆节那晚，公社聚餐，社长频频敬酒，酒是常天龙送的，好喝却后劲儿十足。孔主任不胜酒力，回房间后吐了一地，脱下脏衣服，就躺下睡去。孔香兰进来收拾脏衣服，清理腌臢地板。出于不放心，她就坐下来，顺手拿出针线，给孔主任缝补衣裳。一阵秋风惊醒孔主任，同时把门也带上了。她生怕他着凉，也没在意啥，只随口说了句："社长他们都走光了，就你喝多了，节日都回不了家，也不想想自己的老胃病。"孔主任一惊，正色道："连值班的都走了？"说着，他立马穿上外套，坐到书桌前，翻开马列论著做笔记，并吩咐她不要开门，只管在门后不断擦地板就好。从没见过孔主任这般严肃，孔香兰忐忑着，只顾低头做事，不敢多嘴。不出所料，还不到一刻钟，常天龙持着三节手电筒，带着几位持枪民兵，踹门而入，撞得她两眼冒金星、头破血流。一见这场面，一拨人瞠目结舌，呆若木鸡。孔主任起身怒斥。社长及时出现，几个耳光过去，呵斥道："这里又没宵小作祟！不去保护人民生命财产，跑这儿干啥！瞎眼了？还不赶紧送她上卫生院！"

这事在院子里传开，大家注意起与孔香兰保持距离，她的希望似乎就此破灭。后来，一位周姓未婚转业军人，又燃起了她的希望。小周据说是在部队里伤了一只眼，却有一台比眼睛还金贵的照相机，立式的那种海鸥相机。小周不单会照相，还能在自己房间里冲洗胶卷、放大照片，更要紧的是，能写一手好文章，因而很快得到重用。他第一次来吃饭时，孔香兰就发现，他的目光像火舌一样舔着阿玉的脸，这点对她来说尤为珍贵。她让阿玉盛上饭，给他端过去，需要什么辣椒酱、米醋之类的佐料，都是阿玉抢着送。后来，他骑自行车到区里办事，会捎带阿玉去粮站；再后来，就主动邀请阿玉进他的暗房一起冲洗照片了。暗房里，原本白色的相纸，在水里一泡，不到一会儿，便隐现周围轮廓，再慢慢地现出人物的头发、眼睛，直至全部五官，最后人物呼之欲出。这让她感到神奇，转而就对这位大哥哥更加崇拜。崇拜让小周由衷地自豪，自豪则更显暗房红灯泡的魅力，映得阿玉宛如出水芙蓉，楚楚动人。

这事也很快在院子里传开。常天龙说小周有只假眼，是个"独眼龙"，可孔香兰说是真的，只是视力差点儿。孔香兰的推波助澜，没让年轻人的关系得以确定，倒是周母的意外骨折成了转机。阿玉在母亲的怂恿下，在县医院里服侍周母一个多月，周母起先很排斥，后来考虑再三，还是同意了。周家为了脸面，有言在先，只能订婚，不办婚礼。春节前，择了个吉日，小周送来七十尺布票就算是订婚了，并承诺等过完春节，就把阿玉安排到电讯元件厂里工作。

这个春节，孔香兰开心得像只喜鹊。初三那天，小周带阿玉娘儿俩去登山、拍照。小周满面春风，有些得意忘形。他懂摄影，取景时，对光线、构图、前景、远景都很讲究，不会轻易按下快门。到了山顶给母女俩拍合影时，小周一边低头取景对焦，一边后退，等娘儿俩惊慌大叫时，小周已掉下身后的悬崖……出殡前，周家要求阿玉以媳妇名义披麻戴孝，但孔香兰以还没过门为由拒绝并退还布票。最后，在常天龙的带领下，周家人摁住阿玉，由常天龙剪下阿玉一撮头发。常天龙举着这撮头发，微抬下巴，当众宣布："这就叫结发夫妻！"神情像凯旋的拿破仑。

孔香兰带着阿玉走了。常天龙说："她的美梦，随着那一撮头发，也被带进了棺材。"食堂很快有人接手，但这件事情并未结束，后来阿玉回来寻短见，临死前说要让常天龙偿命。事后，没人给阿玉雪耻申冤，毕竟常天龙又不是直接杀人凶手，大家也讳莫如深。谁还会去提一个晦气的短命鬼呢？连颜亦水都没听人说起过，只有路寮里的闲人，偶尔会提起。

三

颜亦水在食堂吃过早餐后，穿着蓝裤白衫，来到河埠头。一群跪在酒红蒲团上的农妇，正洗涮着衣裳。她找了个空隙，蹲下来，在石台阶上洗起衣裳。朝阳勾勒出她的脸庞轮廓，那是金色的茸毛，清澈的河面上，她看见一张粉嫩的脸。板刷在她胖嘟嘟的手里，慢慢地、轻轻地刷着，兴许是在告诉别人，作为城里人的她，比这些背着孩子、举着棒槌击打衣物的农妇优雅；抑或是在诠释，她金贵的双手是用来给病人打针的，不是干粗活儿的。而事实上呢，这群不修边幅的农妇，鹑衣百结，色彩斑驳如同抹布，委实把她衬托得鹤立鸡群，美若天仙。

农妇们背着襁褓里的孩子，右肘扺着装满衣物的鹅兜，左手夹着蒲团，身体向左前倾斜着，拾级而上，草草地收工走了，仿佛故意把她像美人鱼般塑在河边，静静地等待着某位来客的造访。

对岸供销社门口的河埠头，来了一辆永久牌廿六寸自行车，她知道那是供销社主任常天龙的车——她上次回家，就顺路搭上这辆自行车，沿着石板路直达车站，给她省下五分钱的船票。整个白鹿公社只有两辆自行车，公社机关一辆，还有他一辆。他隔三岔五用自行车往家里驮东西，不回家就在供销社里过夜。每次一回来，他就打开东方红牌留声机，搁上红色塑料唱片，唱起《沙家浜》《红灯记》《智取威虎山》等样板戏，仿佛向全公社宣布，他昨晚并未回家。然后，他又在河埠头用自己那尖细的手指抓着洁白的毛巾，仔细地把自己的宝贝自行车擦得锃亮。当然，他的自行车可比女人的脸金贵多了，能有几个女人用得起这么好的毛巾呢？颜亦水隔岸怔怔地望着他左手腕上那闪闪发亮的东西，担心他的上海牌手表进水——那可是全公社少有的奢侈品啊！她不明白，常天龙怎么会这么有钱，只听说，他舅舅是县委领导，给他弄了一个上高中的名额。毕业后参军几年，因为有城镇户口，他退伍回来，舅舅就把他安排到最吃香的供销社，才三十出头就当上了主任。她多么希望自己的弟弟也能像他一样上高中，将来好安排个工作，但一般情况下，这种好事轮不到她们家，因为只有贫下中农或干部的子弟才有机会上高中，她家的接生婆与阴阳先生都属于三教九流，家庭成分不好。

留声机像寺庙里的钟声在召唤。供销社门口，屠夫老雷瞧见蚕茧站的张站长闪进来。蚕茧站已经几年没收购蚕茧，张站长就是个吃闲饭的人，至少老雷是这么认为的。老雷在中华人民共和国成立前参加过游击队，后来说是犯了错误才丢了工作，只好以做屠夫为生。胡子拉碴的他，头发总是蓬乱，仿佛暗示着曾经的峥嵘岁月；他垂下眼帘，总是睥睨着世上的一切。在他的乜斜下，农机员也信步踱进来，找张站长下棋。农闲时节，农机员不用干活是天经地义的，他进门时，还没忘记用微微扬起的下巴，蜻蜓点水般地跟老雷点了一下头。但老雷并不搭理他，像是热脸蛋贴了冷屁股。石板路上来往的人多了起来，熙熙攘攘，陆续有人进来买肥田粉、柴油、红糖、肥皂、布料、黄酒、香烟等凭票供应的物品，也有人买一些像金弹饼、柿饼、皮蛋、饼干、烧酒之类不需凭票供应的副食品。工作人员个个高傲冷漠，仿佛在说，他们的工作并非服务于顾客，而是顾客有求于他们，顾客为获得他们的服务，必须付出一定的人格代价，以显示他们的高贵与庄严。顾客称呼他们为"同志"，这便有了心理上的尊卑贵贱；递上布票糖票时，多会怯生生地道出"父亲六十大寿得添件衣裳""闺女坐月子得吃上半斤红糖"等缘由，神情像是在乞求，仿佛没有正当的购物理由也是一种罪恶。常天龙作为主任，不常接待顾客，只是偶尔用自己那尖细的手指拨打几下算盘，核算一下账目。他常从口袋里掏出巴掌大的圆镜子和牛角梳子，象征性地梳了梳本来就油光整齐的头发，掸了掸崭新平整的绿军装，那不是他退伍时带回来的，是舅舅送给他象征着地位的"黄马褂"。他不会扣上风纪扣，也不会扣上最上面的那两枚扣子，以便显摆那雪白的的确良衬衫——他是全公社为数不多的长年不穿假领的男同志，对他来说，几尺布料不过是清一下嗓子的事。他偶尔会下几盘象棋，或收听收音机里的新闻，这是他高谈阔论的素材来源。倘若阖上双眼，他会随着留声机里样板戏的节奏，左手捧着白色搪瓷杯，右手尖细的手指轻轻地敲击着柜台上的玻璃，摇头晃脑地吊着嗓子哼上两句，那便是他最销魂惬意的时光。

田真挨着墙根，像只不受欢迎的黄狗从老雷身后溜进供销社。他并不觊觎肉骨头，但跟老雷像是颇有宿怨。供销社里的过客口无遮拦，并不避讳他这个小屁孩，很多陈年往事并不是从父母口中得知，而是从这里漏进他的耳朵，谁叫他也长了耳朵呢。中华人民共和国成立初期，老雷在白鹿乡主持土改工作，村里分到一个地主名额，但没有一家能达到拥有三十亩水田的标准。田真的爷爷叫田大宝，是种田好把式，勤俭持家，吝啬得连放个屁都忍着跑回来放进自家茅坑里。到中华人民共和国成立时，集腋成裘，好不容易积攒下十二亩水田，是老雷硬把白鹿洲一块芦荻丛生、白鹭作窠的十八亩荒地塞给田大宝，田大宝就成了地主。老雷这么做也有自己的考量，田大宝有个弟弟叫田小宝，也就是田真的小爷爷，抗战时为逃避抽壮丁去杭州上学，后来有消息说学校动员学生入伍抗战，他并未战死沙场，可能逃往台湾了。虽然没有确凿的证据，但老雷认为，不给一顶反革命家属的帽子已留情面，地主成分必须坐实。常天龙对此颇有微词，认为老雷不懂俄国"十月革命"，革命必须彻底，以绝后患。

田大宝的第一任妻子死于难产，小姨子前赴后继，为他续弦，生下女儿田招弟。田招弟三岁时，日本鬼子进村烧杀。爱财如命的田大宝扛着大包小包，携妻逃难。用襁褓背着女儿的妻子，正有孕在身，一颗日本鬼子的子弹，从背后贯穿女儿的腹部后，又击穿妻子胸背，一大一小串葫芦似的，妻子当场没了气，女儿尚能啼哭。他从沾满鲜血的襁褓中拽出女儿，钻进了白鹿洲，用银圆压着女儿的创口，女儿奇迹般地活了下来。

那是1944年的事儿。

后来，田大宝领养了一位孤儿，长大成人后做了上门女婿，那人就是田真的父亲，但田招弟一直改不了口，叫丈夫田勤俭为哥哥。对这桩婚事，村民们都说，田大宝真是"夹臀儿"。

田大宝是有名的吝啬鬼，说好听点儿是滴水不漏，用当地人的话来说叫"夹臀儿"。一次，他从温州朔门码头坐船回家，刚上船时发现长凳子上有一枚铜钱，就若无其事地一屁股坐在铜钱上，用屁股缝夹住那枚铜钱。他认为，屁股坐着的铜钱还不一定是自己的，只有夹在屁股缝里的才是自己的。当然，还没有落到口袋里之前，他都不会踏实。他下船后一路夹着臀儿，同伴们都没发现。直到他回到家里，才从屁股缝里咣当一声掉下一枚铜钱。"夹臀儿"是温州南拳基本功，他从小练过，但一枚铜钱在屁股缝里夹上个大半天并非易事。他太爱钱了，又不愿为一枚小小的铜钱被人瞧不起，只能使出"夹臀儿"的阴招儿。在女儿田招弟的婚事上，他自然也"夹臀儿"。他认为养子毕竟不是亲生的，成了上门女婿才能拴住他的心。更何况，他认为田勤俭是一位敢担当的人，值得女儿托付终身。他对女儿说："插进指头当犁簸的人！上哪儿找啊？"

"犁簸"是用来调节犁田深度的楔子样构件。一次，田勤俭想赶在生产队出工之前，先把自家的自留地犁一遍。东方还没吐白，他牵着水牯（公水牛），扛着犁，披着星星，踏着露水，赶到偏远的自留地时，已是汗津津的。他还没来得及喘口气，就给牛套上轭，却发现犁簸不见了。生产队的农具总没人上心的，这下子，没了犁簸的犁铧不仅深度无法控制，而且左右摇摆，根本无法犁地。他抬头望了一眼已抹上胭脂的东方，摇摇头，叹了一口气，心想，这一来一回地再去找犁铧，肯定来不及，再说生产队的牛，也难得轮到他来借用。此刻他并不知道，回去找也是徒劳，因为犁铧已被有个外号叫"麻子光棍"的人藏起来了。麻子光棍认为，不能让地主剥削耕牛，可是，把耕牛赶回来没地方关，扛犁回家又太累，只有藏起犁铧最省事。麻子光棍以为，已经抓住牛鼻子捏住了要害；可没承想，春差日子夏差时，农时不等人，情急之下的田勤俭，竟将手指头塞进犁铧缝里，凭着娴熟的唤牛扶犁活儿，忍着锥心的痛，硬是把地犁完。田大宝这样"夹臀儿"、滴水不漏的人，当然不愿看到这位敢担当的养子娶别人家的女儿，更何况，这样安排还能省下一笔操办婚事的钱。

当年，大家都说田大宝是克妻的命。有人给他出主意说，典妻不算妻。于是，他花三十块大洋，从西山乡一户翟姓的穷苦落难人家，典来一个妻子。典妻也生了个没带柄的娃，她就是田真的姨妈田荷花，可田大宝照祖上的规矩，让田真管她叫姑妈。典妻虽然没生个男娃，可田大宝说，这三十块大洋值得，她无偿照顾没娘的大女儿三年。土改时，老雷接到群众举报，说田大宝在中华人民共和国成立前曾霸占他人妻子，害死其亲夫，当属恶霸地主，理应枪毙。生死攸关之时，是典妻让十多岁的儿子翟善生及时赶到，证明他父亲系自然病故，非他人所害，母亲迫于生计自愿做典妻，替人生娃，田大宝才逃过一劫。为了让后辈记得这份恩情，田勤俭曾带着长子田真，去大山里拜访过伯父翟善生，还给翟奶奶磕头。田大宝去世那年，翟善

会把大部分的红薯晒成红薯干当主粮，留一小部分新鲜红薯贮存在像地道一样的红薯窖里过冬。往常不值钱的红薯干在这年头可是救命的，这几年镇上有很多人送子嫁女到大山里，都是为了活命。像往年一样，翟善生在清明前，竹笋还没冒出土时，就扒开红薯窖，挑出最好的红薯用来"孵"红薯秧。说是"孵"，那是因为这时料峭未消，得找个向阳背风的地方，先堆一层厚厚的畜粪，加土后埋上红薯，上面还得盖上一层麦秆或稻草保暖。畜粪会持续发酵，好让土变暖，红薯像孵蛋一样苏醒萌芽。待到天气再变暖和些，翟善生就将萌芽的红薯转移到开阔点儿的地里继续"孵"，直到端午前，才能长出很多长长的嫩藤，嫩藤剪下来就是秧，可以直接种了。他之所以要二次"孵"秧，是为了争取时间，好赶在芒种之前种好红薯；再一个这样"孵"出来的秧很壮，多余的，趁赶集时能换点儿零钱。当然，红薯窖里挖出来的红薯常会多出来。因为即使藏在窖里，也会有坏掉的，总得多存点儿；再说，过冬的红薯特别甜，比红薯干好吃得多。这不，翟嫂让翟善生送去的红薯，正是清明前从窖里挖出来的。他送红薯同样要绕道避开人们的视线，与其说他明白有人要置田勤俭于死地，还不如说他实在不想撞上白鹿村的人，那些人曾经让他丢尽脸面。事情得从他一次"牛客"经历说起。

牛之于山地，好处远不如平原的水田，因为窄小的梯田让犁很难转弯，也犁不到两头的地。而平原水田就不一样了，一把犁下去就几十米远，效率就高多了。当然这并不影响山里人对牛的钟爱。首先，牛属于生产工具，政策上允许养，还不限制数量，不像猪，每户最多只能养两头，养多了属于投机倒把，会被没收，还得像地主一样被游街批斗；其次，牛可以出租，一头牛一个春耕可租到五百斤稻谷，相当于一个成年劳力的收入。当年，翟奶奶离开田家时，田大宝多给了三块大洋，为了从长计议，她狠心用这三块大洋给儿子买了头黄牛犊。没了父亲的翟善生，在母亲被典给田家的三年里，早就成了个懂事勤力的孩子，知道这牛犊可是全家的指望，黄牛犊便成了他的宝贝。在他用心照料下，不到四年，牛犊长成了大母牛——铜铃眼，黄绸毛，肩高臀宽，比公牛还健壮高大。他也从放牛娃成长为牛客。农忙前，他让膘肥体壮的母黄牛驮着红薯藤下山，红薯藤是它喜欢的口粮，得尽量多带点儿。他把牛租给生产队，离开时，摸着牛，依依不舍地说："赶集时还会来看你，再给你捎些红薯藤，也给东家带些绿豆或南瓜什么的，好让人家待你好点儿。"农忙过后，他挑着稻谷，望着牛屁股那高突的坐骨走回家——牛实在太瘦，肋骨都快成梯子了，真舍不得再让它驮着稻谷上山。也许，牛实在太兴奋了，就不怎么等他，颠着皱皮囊样的肚皮，撒着欢儿，嗒嗒嗒地往山里走。这时，他便加快脚步，踏着牛的节拍，追上去。牛似乎想起主人肩上的担子，突然停下不走了，扭过头来，眨巴着眼，发出哞的一声问候。此刻，便是他一年当中最欢乐的时候。

但是，一次租牛给白鹿村的经历，让他感到刻骨铭心地痛，从此不愿见白鹿村的人。白鹿村每年都会租几头牛。生产队并不养牛，放牛喂牛每天都得给人记工分，几年下来，养牛还不如租牛划算。不像在大山里头，牛可以放养，日出夜归，山冈幽谷荒地，任其游走觅食，吃饱了会自己回家，不会走丢；也不怕偷牛贼，因为大山里的牛往往已割断了牛鼻绳子，陌生人无法带走。再说，牛并不是生来就会犁田耕地，也得调教。在牛犊满周岁时，要在搓好的细苎麻绳上涂上菜油，一端穿进蓑衣针孔，在牛鼻洞膜穿进去后，再引进绳子，穿上鼻绳的牛犊再过两三个月便要调教。给牛犊套上牛轭可不容易，不然，怎么会有"犟牛"这说法？山里人自古有驯牛口诀，不仅能让它老实干活儿，还能让它听懂"通用牛语"。总之，白鹿村无论从哪方面来考虑，都得租几头牛。这回，是生产队长在赶集买猪崽时，顺路在牛行里看上他的母黄牛，几把试犁过后，就说好了租金。这样，生产队长好让牛顺便帮他驮回猪崽篰，又能给自己记上半天的工分。

刚开始，这头牛还挺好使的。后来不知什么原因，这牛突然瘸腿犁不动了，最后连肚子里的小牛犊也早产夭折。母牛跟农妇一样，命薄如纸，大着肚子也照旧干重活儿。怀孕不是母牛豁免劳役的借口，改变不了其用于出租的属性，也没听说过母牛需要坐月子休息的。只是按规矩，生下牛犊要归牛客所有，得跟着它娘回家。有娘的牛犊并不碍事，何况生产队长，本来还想让儿子分享牛犊的口粮呢。这下，儿子还没喝上一口牛奶，牛犊却已胎死腹中。生产队长可急了，找到当时正在白鹿乡当领导的老雷，说："这事可不好办，且不说牛犁不了地，这牛犊该怎么赔呢？"边上的麻子光棍，正吃着牛犊肉，嘴里含着一大块没来得及吞下的肉，说："天上龙肉，地上驴肉，这牛犊肉，可比驴肉好吃多了。"说完，他往天上一翻白眼，好不容易才把肉给吞下去，又饿狼似的咬上一大口，接着说："肯定是这牛客隐瞒我们，这牛早就有病了！"老雷沉吟片刻，点头说："对，革命工作要变被动为主动，抓紧调查牛客，是否欺骗革命群众，破坏生产！"

其实，麻子光棍知道这牛为啥病了。半月前，他让牛把他家里拆下来的旧木板驮到镇上卖，卸货时不小心让牛踩上锈钉子，他懒得找人将锈钉子拔出来，落得牛蹄溃烂，害得牛干不成活儿，还早产。他本来只想等母牛下犊时，抢个胞衣（胎盘）吃。牛胞衣看似有笸箩大，可一煮，才不到半脸盆，这下可好，还让他吃上了整头牛犊。村民们不敢吃病死的动物，只有他什么都吃，就连被人们丢弃在池塘里的瘟死鸡也敢捞上来吃，更何况胎死腹中的牛犊。耕牛是不准宰杀的，只有干了几十年，实在干不动的牛才可宰杀，还得经过政府部门确认批准才行。老牛的肉虽然不像牛犊肉脆嫩可口，但也很少有人吃得起，这回可是一整头牛犊啊！够他吃上好几天的，麻子光棍岂止垂涎。

等到赶集的那天，麻子光棍刚吃过牛犊肉，正在路寮里用笤帚苗剔着牙。翟善生挑着担子，沿石板路远远地走过来，担子的一头是母牛的口粮红薯藤，另一头是送给田家的红薯干。麻子光棍盯着远方，他突然扔掉笤帚苗，往前方啐了一口，倏地站起来，大声吆唤："快来啊，抓骗子牛客啦！"还没等翟善生明白过来，就被众人摁倒在地，麻子光棍用早就准备好的络麻绳把他捆绑在大樟树上。树上的喇叭刺啦刺啦着，生产队长先咳嗽一下，噗噗吹了几下红布头包着的话筒，大喊："快出来，快出来集合，抓到破坏生产的骗子牛客啦！"待老雷赶过来时，一眼就认出来，这个后生不就是地主田大宝典妻的儿子嘛！就是他的证词，才让田大宝逃避了镇压。按理说，典妻本来也是受剥削受压迫的穷人，可翟家不知好歹，非但没有与阶级敌人划清界限、揭发地主罪行，还与田家一直勾搭，像亲戚一样来往。此时老雷愈发恼怒，他只哼了一声，背过身子。一阵拳脚就落在翟善生身上，翟善生叫喊道："天啊，冤枉，冤枉！"等拳脚停下来，老雷讥讽道："还冤枉？连女人都可以出租，这病牛咋不能出租？不要脸的东西！"此刻，麻子光棍从人群里钻出来，将一个荷叶包往翟善生的嘴里塞，被绑住的翟善生嗯了一声，闭上眼使劲儿甩头，企图躲开。麻子光棍又顺势拿荷叶包在他脸上抹了一把，他啊的一声，吐出一口牛粪，脸已变成了一坨牛粪，露出两枚像桂圆核一样的黑眼珠，门牙上的墨绿色牛粪，像是邋遢农妇牙缝里塞着的菜叶……

病牛瘸着腿，昂首走向大山，引领着以泪洗面的牛客。五百斤稻谷没了，牛犊也没了，还不知这牛能否活下来。更痛心的是，这脸面也没了——不是麻子光棍那坨牛粪，而是老雷那句话。这句话让他没脸面见白鹿村的人，赶集时，如果有东西要送田家，他总是二更前出门，只为能在五更天亮之前，赶到田家，好避开外人视线，给自己留点儿脸面。山里牛客不晓得，脸面还有一种说法——人格尊严！

这回，翟善生避开了所有视线，很快找到了田勤俭。从此，每天夜里，田勤俭能吃上十几斤的红薯，浮肿却退得很慢，老雷每天来检查，都看不出有什么名堂。

　　浮肿是最后一天夜里突然消退的。那天，翟善生给他多带来了一爿白鲞。白鲞就是黄鱼鲞，因相对于另外一种常见的鳘鱼鲞而言，颜色要白点儿，是殷实人家媳妇坐月子时吃的。都说"白鲞很下奶"，翟嫂坐过两个月子，都没能吃上一爿白鲞，生这娃时，翟善生终于从牙缝里挤出一爿白鲞，翟嫂却让丈夫先留着，说等下次坐月子时再吃。

　　见到翟善生带来的白鲞，有个关于山里人吃白鲞的小故事，从田勤俭的脑子里闪过。是说有个山里人，好不容易才从梅龙镇买了爿白鲞回家过年。他用麻绳把白鲞吊在梁上，垂下来，刚好悬在饭桌上方。吃饭时，俩儿子抬头看一眼白鲞，就直流口水，一口饭便咕噜一声咽下去。可吃着、吃着，大儿子一口饭哽在喉里，便又抬头望了一眼，才费劲儿咽了下去。这下，小儿子就不干了，他向父亲告状说，阿大，刚才阿哥吃一口饭要看两下！山里人安慰小儿子说，别理他，咸死他！想到这儿，田勤俭不禁嘴角一扯，但终究还是把笑给憋了回去。

　　他明白这爿白鲞的分量，被这位兄弟的情深义重感动。泪水慢慢地漫上来，眼前变得光怪陆离，他又回到了童年，养父正给他讲着故事：从前，有个三岁的男孩，居然会偷白鲞！养父顿了顿，接着说，白鲞为何物？《鲞经》中记载，白鲞乃黄鱼在三伏天炎阳曝干而成，其片肥重，其质脂润，其色玉洁，其气清香，煮烂而不糜，汤清而不浑，其味可口，益人神气，断非他鲞可及。养父见他眨巴着眼表示不解，停下来，换了个表达方式，接着说，这个男孩嘛，正是在三伏天白鲞上市时，光着屁股，趁人家不注意时偷得一爿白鲞，藏在屁股后面靠在墙上。人家只看到他前面的小鸡鸡，谁承想，光光的屁股后面，贴着白白的鳖！回家后，母亲不但没批评教育他，反而奖励他，让叼上几口奶头。于是，伏天每逢集市，他都去偷白鳖，以换取奖赏他的几口奶。待他长大后，便成了江湖大盗，最终伏法。砍头前，你猜他要吃啥断头饭——他摇摇头，养父瞪大眼睛作骇人状，又接着说——他说要再吃一口母亲的奶，母亲撩起前襟，刚扯出干瘪瘪的奶，他一口便咬下奶头，怨恨道，就是被这害人的奶头送上黄泉路的！养父见他脸显惧色，便摸摸他的头说，这个故事啊，告诉我们，从小要……"兄弟，快吃，快吃！"田勤俭从恍惚中被翟善生拽起来，"既然这东西能下奶，肯定也能下水肿。"于是，田勤俭捧起红薯，就着白鳖，狼吞虎咽，模样像只饕餮怪兽，差点儿把舌头咽到肚子里去。果然，奇迹出现了，那天后半夜，他像是被注射了白蛋白和速尿针一样，一直不停地拉尿，天大亮时，全身水肿像潮水般退去，恢复如初。

他回到大坝劳作后，又想办法让老雷绑了他一次，因为是半军事化的管理，翟善生再也没机会给他送红薯了。他认为，老雷用稻草绑他，是对他人格上的侮辱，没办法，正所谓人穷志短，实在太饿了。但有时仔细想想，中华人民共和国成立前，老雷常在这一带林子里钻，打过游击，伏击过日本人，对这片林子可谓了如指掌，眼睛又尖得像狼似的，怎么没发现蹊跷呢？莫非，觉得他快要死了，变着法子救他？抑或是觉得能"拿手指头当犁铧"的他，死了着实可惜？

四

　　其实，田真憎恨老雷，不是因为上面说的上辈恩怨，而是因为家里那头猪，那头辛辛苦苦养了大半年的猪。

　　全家八口吃饭，生产队分的粮食总不够吃，得另外花钱买。除了卖豆腐的收入，一头猪的收入是笔不可小觑的数目。母亲让他去割猪草时会说："我们还欠学校一块半的学费呢，校长已撂下狠话，说再不交上，明年就别来上学了。"见他不很情愿地拿起镰刀，又说："这猪崽，年前准能养成大肥猪，卖个好价钱，明年好让你们上学。"可谁承想，中秋节前夕，生产队长来了，身后跟着老雷。老雷脚穿长筒雨靴，腰系皮围裙，猪都猜得到，他来干啥。队长以命令的口吻说："中秋节就要到了，生产队有征购任务，这猪我们征购了。"秋后正是猪长膘的时候，大家都想挨到春节前才让猪出栏，不愿在这个时候杀猪。当然主要原因还是，征购的价格会远低于市场价。村里有不少做豆腐的，大家都清楚，做豆腐就赚点儿平时家里的零花钱，豆腐渣呢，就像是往储蓄罐里丢零碎角子，用豆腐渣把猪养肥了，就是一年的净收入。村里养猪不少，凭什么非要征购这头猪呢？田真眼睁睁地看着老雷要把猪赶走，担心明年姐弟俩还能不能继续上学。老雷抓着猪耳朵，回过头来，说："地主带坏了全村人！"猪似乎不愿被宰，四腿绷直，向前斜撑着做抵抗，嗷嗷地叫个不停，赖着不走。老雷一个转身，双手揪住猪尾巴，往上一提，猪腿便使不上劲儿，跟跄着往前蹿。老雷喘着粗气，又扭过头来说："做豆腐、养猪，都是典型的资本主义尾巴。"仿佛那猪本身，就是资本主义。田真又想，猪没了，如果再不让做豆腐，下学期就真的没书读了。

老雷说他们家带坏了整个村子，那是因为以前的白鹿村并非挨家做豆腐，是田真家最先开始做，后来大家才跟着效仿。村民们会在农闲时干点儿副业。世上的行业千百种，除了像铁匠、木匠、泥瓦匠、缝纫匠、篾匠、油漆匠等正儿八经的行业，村里有牙郎、牙婆、媒婆仙姑的，也有劁鸡劁猪、吹打抬棺、划乌篷船、卖脚力走宁波的，甚至还有挑粪坑水、赶猪牯、兑尿盆的专业户。赶猪牯就是赶着种公猪，走村串乡地给发情的母猪配种。

村里还有个外号叫"黑脸光棍"的，他家就祖传劁鸡与赶猪牯，劁鸡是个精细活儿，黑脸光棍不肯学，到了他手里，只剩下赶猪牯这门手艺了。他觉得做豆腐又累又没意思，不像他赶猪牯，既江湖又神气，关键是这让他很有成就感。他曾得意地说："社长只管一个公社，我的猪牯管三四个公社！"可后来镇上有了良种站，人家是科学配种，他家的猪牯就给活活憋死了，他算是把家业给败光了。因为穷懒兼备，谁也不愿嫁给他。他总是担心被人误解，怕人家瞧不起他，逮着个话缝儿，就会解释说："因为这辈子母猪搞得太多了，铃铛只能凉着，这是报应！"这话听起来，像是在安慰自己，有"这辈子也够本了"的意思。

如果说赶猪牯这行当并非鲜见，那么兑尿盆这个行当就少有人听说过。麻子光棍，他家原来就干这个行当。这里的尿盆，形同加盖的水桶，只不过木料厚实、板扎，一屁股坐下来，也不会翻倒。尿盆用久了，都会堆积起厚厚的一层尿垢，尿垢是治疗外伤的中药，叫"人中白"。麻子光棍将旧尿盆上的"人中白"刮下来卖钱，然后用砂纸打磨旧尿盆，再上一层桐油，旧尿盆就又变成了新尿盆。他挑着这些翻新的尿盆，走街串巷，吆喝着兑换旧尿盆，如此反复循环，这便是麻子光棍的营生。一次，有人看见他正一头钻进尿盆里忙活儿，说他干的不是正业，劝他改行做豆腐。他在尿盆里，声音有点儿瓮声瓮气，回话说："这里面，很有名堂，'人中白'也有品相好坏之分，童子多的人家，尿盆上的'人中白'，白白净净的，有股淡淡的清香；妇人多的人家，则发黄像牙垢，有股臊味儿，不值钱。"他说着，像是怕人家要走，又从尿盆里探出头来，张开嘴，指了指他满口发黄的牙垢，神气地接着说："一只尿盆，能刮下几个铜钿，我瞄一眼就有数，就好比媒婆，只看一眼人家姑娘的屁股，就知道能否生个挂铃铛的娃，这眼力，不是一般人能学会的哩！"人家想想也是，怪自己多事，就走开了。他又钻进尿盆，哼着："世上三样苦，打铁、撑船、做豆腐……"

那么，后来麻子光棍为啥连兑尿盆也不干了呢？要往根

天龙还不过瘾，又外加一个苛刻的条件，点名要用长子田真的童子尿。他说，长子的童子尿最补元气，就像煨刚生下还没开眼的狗崽，那才叫大补！田勤俭脑子里闪出一串画面，是常天龙煨狗崽的情景：叠上双层白纱布，包裹尚未开眼的狗崽。狗崽挥舞着粉嫩的四肢，小嘴吮着他的手指，误当奶头。荷包口扎紧了，被丢进砂锅里。文火炖上大半天，直到狗崽化为黏糊糊的汤汁。纱布里只剩下狗毛、狗骨头……田勤俭不禁打了个激灵。

田勤俭蔫头耷脑，递给田真一只老旧的粉彩八角碗，这种专用于卖豆腐脑的碗，看起来大，实际容量却不多。他心疼愧疚地立在一边。田招弟拼死挣脱众人的阻拦，试图夺回田真手中的瓷碗，绝望地哭喊着："是麻子光棍踢的，凭什么取我儿子的童子尿！"田真蜷缩于墙角，在众目睽睽之下，还在生产队长——身上有枪，应该说是民兵连长——的监视下，好不容易才尿了半碗清亮、带少许泡沫的童子尿，尿里还滴了他几滴眼泪。他还没完全明白怎么回事，从母亲的绝望表情中，他猜这事可能性命攸关，但父命难违，他抿着嘴唇，没哭出声来。黑脸光棍敏捷地扑上来，夺过八角碗，生怕田真会反悔似的，双手捧碗，牛饮而尽，喝完还用舌头舔了一圈嘴唇。常天龙擎着十字灯，踮起脚尖，艰难地从人群后面观摩全程后，才欣然离去。如此这般，这事算是完了。可是，常天龙还没完呢，他得天天盼望着预想的结果。但事与愿违，田真没有像他所预计的那样，一天天地干僵下去，反而一天天长高。他打着算盘，说："童子尿就是好，黑脸光棍的脸变白了不少，看上去年轻了六七岁。"他停下算盘，又说："童子六七岁，黑脸光棍就年轻六七岁。童子超过十二岁，功效则大打折扣，算不得真正的童子尿了，正所谓盈极则亏。"

说来也巧，"童子尿事件"之后，有外乡人在学校的男厕所里收集中药"人中黄"。方法是，将填满甘草的竹筒放置在小便槽里，汲取尿中的元气精华。校长说，那是在制作中药，只是让甘草在尿里泡上几天。但是，家长们人人惶遽，叮嘱孩子们要守住自己的童子功，千万不能让别人窃取元气。当然，孩子们尿急了可顾不上那么多，外乡人还是盆满钵满的，收获颇丰。打从那时起，就没人再收中药"人中白"了，麻子光棍也算是把家业给丢了。他认为，黑脸光棍喝童子尿与"人中黄"的出现，两者存在必然的联系，是田真家端了被他视为饭碗的尿盆。

第二章

五

今天一大早，田真家这头还没长膘的猪就被杀了。田真溜进供销社时，老雷正吆喝着："吃豆腐渣的猪，不肥不瘦，有票两角八，没票四角二。"蚕茧站的张站长晃晃悠悠地走过桥，进门时，老雷一瞥他的竹篮，就转脸避开，因为篮里装有斤把猪肉，显然是没照顾老雷的生意。张站长走近那个专门摆放肥皂和自来火（火柴）的柜台，从兜里掏出一盒自来火，自鸣得意地对大伙说："菜场里转了好几圈，在十个肉摊上各买一两猪肉，不多不少刚好一斤，每家只能收我四分钱，没法收我四分二厘，一斤猪肉只需花掉四角，多出两分钱，刚好买一盒自来火。"常天龙本不想搭理他，忽听门外案板上拍刀响，不禁扑哧一笑，心想，屠夫是在瞧不起张站长那贪小便宜的德行，可有谁敢瞧不起咱供销社！尽管供销社天天都在占人家的便宜。

供销社里，除了他，还有四名工作人员，他们不仅业务能力出色，更是占便宜的行家里手。要占便宜，首先要具备过硬的基本功，像玻璃瓶里抓小糖，一把抓下去，想抓几粒便是几粒；包斧头包快速精巧，有棱有角，很有卖相；还有捆绑酒瓶，盲打算盘，快卷布匹，样样拿得出手。有这身手，占起便宜来，动作熟练，心生底气，才没人质疑。比如卖糖霜，一般包一层细纸，一层粗纸，粗纸也有厚薄之分，想占便宜时，就用厚的，甚至多用一层粗纸。粗纸不必上账，多包一层，就多增一分白糖霜的进项。这样做，一般没人质疑，即使有人提了，也可以解释说，这次进的白糖霜特别细，买糖要糖票，糖票珍贵，得包仔细，漏了可惜。这么一讲，对方就不再啰唆了。再比如卖酒，打酒不论斤，论提。酒提锡做，形同直筒，加一把长柄，有一两、二两、半斤三种。碰到内行的来打酒，酒提轻轻落，轻轻提，不好占便宜。碰到外行的，酒提伸到酒埕里，手上多使些力道，快落快提。这样，酒埕里的酒就会起泡沫，趁泡沫未散，快速舀起来，倒入顾客的酒瓶。泡沫掩在酒上，酒就可以少些。还有扯布，扯布当然按尺寸卖，柜台上刻有尺度，丈量布匹时，多用些劲儿，将布拉紧点儿，一匹布卖完，能省下不少。类似的还有银耳，进货以斤论，卖出以象牙戥秤称，是早年药店用来称麝香鸦片的那种，吃亏的当然是顾客。林林总总，到月底盘存点儿货，多有升溢。利润要上交，而升溢部分则可私分，只要账平了就可交差。账目他常天龙自己管着，总能多占些私物。员工们为了多分点儿，甚至会故意不把放饼干的玻璃瓶盖拧紧，让饼干受潮增加分量。这些小把戏，他多置之不理。货物即使霉变，他也自有办法，等台风一来，他总会提前将霉变的货物堆放在低洼处，等货物一进水，就将这笔账甩给老天爷。想到这些，他藏不住满足又得意的神情。

张站长捕捉到常天龙心情不错的浅浅一笑，就觍着脸，煞有介事地接着说："有点儿急事，能借半天自行车不？"张站长尽说些仨葱俩蒜的小事，常天龙不怎么瞧得起他，就冷冷地奚落道："我借你一角钱，你去梅龙镇租一辆！"张站长觉得脸发烫，悻悻地往外走。老雷侧过脸，哼了一声，嘲讽道："肚饿，饱嗝要打；人穷，模样要摆。"说完，低头往地上吐了一口像牡蛎肉似的绿痰。张站长瞥见门口的自行车，车坐垫上绛红的丝绒和黄缨缨的流苏，像是在向他炫耀富贵，轮毂反射出的太阳光芒让他觉得刺眼。他的脸红成猴屁股，真想钻进海螺壳里藏起来，慌乱之中，差点儿撞上迎面过来的田勤俭。田勤俭走到案板前，说："康院长讲，我屋里的那个，有点儿营养不良，有点儿贫血，想买二两猪肝。"这猪自己养的，他认为猪肝应该好，也知道猪肝不需肉票。可老雷心里正憋着火，拿剁骨刀往案板上用力一剁，刀就立在案板上，他金刚怒目，诟骂道："地主婆也想吃猪肝？滚！"田勤俭本想据理力争，可屠夫像《三国演义》中的张飞，几乎要提刀冲出来，只能作罢。不一会儿，公社社长走下桥，没骑自行车，可能公社里的那辆车已被别人骑走了。昨天常天龙在食堂里悄悄告诉他，供销社刚进了几匹上好的布料。

布匹展开，有股强烈的气味，闻起来，让田真感到舒服。常天龙亲自为社长扯布，尖细的手指灵巧娴熟，仿佛有几个玩偶在布料上疾徐有致地跳着红色娘子军式的芭蕾舞，这手指就像天然为扯布而生的，让田真看得出神。田真发现，布料拉得不怎么紧，也有可能是动作太快了；还发现常天龙找零钱时，把那张布票夹在零钱里面，又还给了社长。社长快速接过零钱，塞进口袋，将布料夹在胳肢窝里走了出来。老雷满面堆笑，拦着他说："顶好的猪肝，不花肉票的，你瞧，这猪头还长着双眼皮呢！"社长当然不会放过这等好事，付钱时零钱里冒出布票。老雷见了，就讪笑着说："布票在我这里可以换猪肉。"社长觉得老雷这话在含沙射影，脸上一阵发烫，但像风过松林般地一过而去，也不去计较，骑上常天龙的自行车，走了。"社长，站长，都是长，长短不一样。放屁，打饱嗝，上下不到二尺长，味道差得远……"老雷把脸伸进供销社又嚷上一句，把最后那个"远"字拖得很长，似乎要追上社长远去的耳朵。

　　傍晚的路寮像是广播电台。"张站长想借自行车，地主婆想吃猪肝"成了茶余饭后的笑话，被滚动播出。中秋节之后的几天，豆腐总是不好卖，这两天不用做豆腐，今天，田勤俭抽空去买了个猪崽回来。他吃过晚饭后，正低头坐在路寮的角落里，默默地听他们胡诌。他们会为争一块孝布而耿耿于怀，他不敢置喙、瞎掺和，免得龃龉，"童子尿"的事还记忆犹新，蚀骨地痛，惹不起他们。他想，钱都是一样的，凭什么自己的钱就不能买猪肝？何况还是自家养的猪呢！自己并不是癞蛤蟆想吃天鹅肉，无非猪肝不需肉票，屠夫老雷却要拿这个说事。可又想，人家张站长，好歹也是个站长，想当年，好多人养蚕，蚕茧收购价他说了算，可风光了！现如今没人养蚕，却还把自己当个人物，徒增笑柄。他这么一想，心里便舒坦了一些，姑且聊以慰藉吧。

六

中秋的月亮，悄悄溜走半个多月了。丹桂谢幕，正值芙蓉灿烂时。今天，颜亦水面若芙蓉，眼含秋波，一袭白大褂，高跟鞋有节奏地点击着石板路，甩着大辫子，扭摆着腰肢，飘进供销社。田真正踮起脚尖，仰头张嘴的，双手作捧状，去接常天龙削下来的梨子皮。一圈圈相连着的梨子皮，让他不时吞咽口水。他不能扯下梨子皮，要待到常天龙像完成一件完美的作品似的把整个梨子削完，否则，常天龙会夺回梨子皮，用脚踩烂，还补上一口唾沫。他渴望这些梨子皮，酸酸甜甜的，可好吃了。这种梨子是雁荡山特产，个头超大，供销社刚采购了两篓子。常天龙把硌伤的梨子挑出来，削皮切片，削了皮的梨子容易变色，要浸泡在装满水的玻璃瓶里零卖；而那些完好无损的梨子，则要凭票供应。在颜亦水进来之前，除了田真，还进来了一伙卖苦力的汉子，他们刚弄到一点儿血汗钱，就来买一二两薯干烧的白酒，站在现场喝。一块饼干，一个橘饼，几个金弹饼，或者一两大红袍花生米等，都可以拿来下酒，这种梨子也很受欢迎。他们多半只买酒，有的慢慢品尝，有的一口干了后，就缄口不语，像是怕跑了酒气……

此刻，常天龙见她拿来一张 X 光胶片，胶片下面，掩着一沓 40 万单位的油剂青霉素，就明白那是卫生院的康院长给他弄的。X 光胶片虽是卫生院拍片后的废物，却可以当作礼物送人。但凡有点儿身份的男人，都讲究穿着，知道衬衫其实比外套重要，衬衫要好看，无非需要一条有型的领子，领子好了，才撑得起场面。男人看似三天两头地换衬衫，其实穿的都是假领，假领里头，若有张胶片夹着，比用袼褙当衬垫有型、挺括得多。常天龙有的是布料，犯不着穿假领，但他的领子必须夹胶片，衬衫岂能败给假领？至于青霉素，这种东西也得凭票供应，每家卫生院每月定量供应，颜亦水这种小人物，是弄不到这么多紧缺药品的。常天龙拉出抽屉，拿出早已给康院长准备好的几尺布料，用"申报纸"（旧报纸）快速包扎好。她正踌躇着，他见机说不懂青霉素用法，让她写下来。他直勾勾地盯着她凝脂样的手——葱白样的手指、胖嘟嘟的手背，嘟着八个肉窝，盛得下琼浆玉液。恍惚之中，他听到甜软娇糯的声音："能买几个梨子不？都说梨子清肺，我想明天带回家，父亲他还一直咳着呢。"他凑近她的耳朵，闻着她的体香，用气声说："现在人多眼杂，晚上从后门进来。"

她点击着石板路，走回又窄又长的白鹿桥，白大褂风一般飘过路寮。路寮里，正坐着一伙像是在台下欣赏样板戏的看客。河面上荡漾起李铁梅的《都有一颗红亮的心》唱段。常天龙那尖细的手指，随着节拍敲击柜台，吊起嗓子唱道："我家的表叔数不清，没有大事不登门……"农机员，则像青衣追老生，拿腔作调和上两句，但听起来不像唱戏，倒有些相声中捧哏的味儿。他适时凑近常天龙，递上一张农用柴油票。常天龙拨回留声机的唱针，想再来一遍，这才从陶醉中回过神来——柴油票不是白拿的，于是转身塞给他一个贴着红纸的斧头包，是用粗纸包着的两斤古巴糖，顺手又往田真嘴里堵上一个金弹饼。两人若无其事地一笑而过。河面上继续荡漾着"我家的表叔数不清，没有大事不登门……"

田真此时有些恍惚，想着青霉素，更多的记忆纷至沓来。

四年前，田真虽然还懵懂无知，对青霉素却记忆犹新。那时候，小弟刚刚出生，又是农忙，家里就没人管他，被一场大雨淋过之后，连续高烧三天，康院长说他凶多吉少。转到梅龙区卫生院，说是"大叶性肺炎"，得住院抢救。区卫生院里床位紧张，母亲只能抱着他，在一棵悬铃木树下打吊针。树干上钉有几枚钉子，想是常有人也在树下挂吊针。他感到胸部被一块大磨盘压着似的，呼吸越来越困难。母亲呜咽着，用乳汁滴在他干裂的嘴唇上，他嘴唇已发绀，像个吊死鬼。他看到已经去世的爷爷，在不远的天上，正张开双臂想抱他……"现在不能喝！"这不像爷爷的声音，是命令式的，属外乡口音。他睁开眼，发现白大褂正掏出听诊器。白大褂在他后背仔细听着，边听边把输液速度调慢点儿，听毕，怜悯地叹了口气，转身准备离开。父亲突然双膝下跪，拽着白大褂，抽泣着说："医生，求求您，救救我儿子吧！"白大褂着急道："快松手，我得赶紧去找办法！"一会儿后，白大褂搬来一个像炮弹样的东西，是从手术室借来的备用氧气罐，才让他吸上了氧气。白大褂站在树下，双手插在口袋里，一副事不关己、置之不理的模样，眼睛却盯着他的一呼一吸，几分钟后，见他呼吸变得平稳了，才离开。没过多久，护士过来给他做了皮试，说他脸色好看些了。等皮试时间到，护士就给他打了一针屁股针，那是别人用剩下的半支青霉素；还奖励他一个装药的空纸盒，可当顶好的玩具了。后来的几天，只要白大褂弄到多余的青霉素，不管是半支，还是三分之一，都往田真的屁股里填。偶尔还有整支的青霉素针，因为区卫生院里病人很多，如果凑巧有两位病人同时用半支，就会多出一支来（这种好事通常会让护士捡了，但颜亦水很难碰到的，一是白鹿公社卫生院病人不多；二是康院长开半支青霉素处方时，总会出现另一张半支青霉素处方，而他也会为他的战利品及时出现在注射室里）。后来，白大褂私下说，他早年毕业于日本千叶医学部，也是地主成分，因技术好、对社会有用，才能在土改时独善其身，免受打击。白大褂还说，一些干部得了个痈，脓肿都已切开、换药好几天了，还要求打针；其实，每天就只打半支青霉素，他也有把握将痈治好。得益于白大褂的自信与怜悯，方有源源不断的免费青霉素。其实，白大褂一开始就猜到他家是地主，同病相怜，一眼就能认出只有地主才会的夹着尾巴做人的样子。白大褂还再三嘱咐说，这事不能让身兼运动闯将的锅炉工知道，否则，两家地主狼狈为奸，攫取革命群众青霉素的罪名就逃不了。在卫生院待了不到一个月，田真家把一年卖豆腐攒下的钱都撂在卫生院里，还欠了不少的债。

田真从青霉素的记忆泥潭里爬出来。心里又想，将来如果能上大学当个医生该多好啊！只要技术好，地主也可以当医生……夕阳衔山，影漫东墙，夕阳把最后的余晖刺进供销社的窗户，晃得田真睁不开眼，他从恍惚中缓过神来，闻到了从家里飘过来的红薯味，他该回家吃饭了。

七

　　黑夜从白鹿河里爬上了岸，月牙儿细同蛾眉，河面上升起雾霭，老虫在作别哀鸣。田真正玩着小兵抓贼的游戏，跑得一身汗，湿透了衣裳。村民们还在家里赶制豆腐。路寮里的闲人陆续离开，只剩两个光棍还扯着两年前的事儿。黑脸光棍说："这事当属配阴亲，哪有索要七十尺布做寿衣的？"麻子光棍说："不对，本来就是结发夫妻。"俩光棍为此争得不可开交。事情缘由是这样：

　　孔香兰母女俩离开公社食堂后，没回到山里，她们见过大山外面的红尘，心就很难回到山里。但是，她们在外边毕竟是没根，漂泊转徙的日子并不好过。母女俩虽然相依为命，但阿玉有时会埋怨母亲，认为自己的不幸在很大程度上与母亲从中撺掇有关，甚至归根于母亲的寡妇薄命。当然，更是对常天龙这个多管闲事的局外人怀恨在心。几个月后，母女俩发生一次口角，阿玉一时想不开，连夜跑回白鹿公社寻短见。那天一大早，供销社刚开门，她就在供销社门口撂下一句"死给你常天龙看，我做鬼也不放过你"，说完，就在白鹿桥上纵身一跃跳进河里。田勤俭正在家里忙着，听到呼救声就冲出来，一头扎进河里救人，他在河里摸了一刻多钟，才将她捞上岸。康院长在现场做人工呼吸，却已是回天乏术……周家人闻讯，租来一只快船，抢先一步赶到，说是周家媳妇，理应由周家料理后事。孔香兰赶到，截住尸体，呼天号地一阵子后，凛然拒绝周家要求。周家便退让一步，说愿意出一笔补偿金。田招弟身为田荷花的姐姐，当然为山里亲戚家着想，思忖再三后，劝慰孔香兰说，小周生前待阿玉不薄，奈何苍天不仁，断送姻缘；又念阿玉对小周也是感情甚笃，理应续上来世姻缘；再说这般安排，可免阿玉坠于孤魂野鬼，又能省去一笔费用。最后，孔香兰只能接受残酷的现实，但还是拒绝了补偿金，只提一个条件，周家必须给阿玉做七十尺布的寿衣。周家掩其欣然，代之喏喏连声，很快运走尸体。那天常天龙自始至终没有露脸。公社机关，因为已有周家出面善后，谁也不会再出面说个是非曲直，都想让这晦气的日子尽快过去。围观的群众，多像黑脸光棍那样，只对康院长往姑娘嘴里吹气念念有词。

麻子光棍对辩论失去了兴趣，话锋一转，谐谑着说，多可惜啊！要是给我当媳妇，过年时，我准定买上个大蹄髈，花上半天的工夫，把蹄髈炖得稀烂，烂得像屎一样，哪怕丈母娘掉光了牙，勿用嚼，只要一嗒，就哧溜一声，吞下去，吃爽兮——吃爽！说着，他舔了一下嘴唇，咽下一口涎沫，脖子上的喉结上下滑动了一下。

卫生院的青砖小楼里，颜亦水正忐忑不安地望着窗外，眼前这座桥变得很长、很长，长得让她今晚很难跨过去。她不知道，该不该跨出这一步，她思忖着：明天，父亲看到这种梨子，一定会喜出望外，但我总不能为几个梨子去冒险，常天龙让我晚上过去，可能另有所图。但是，风险总是与机会并存，常天龙当属非等闲之辈，倘若有他的帮助，我可能会争取到各种机会。譬如说，助产士这个岗位，收入要比护士好，可以偷偷帮人家取环、流产，连产妇的胞衣（胎盘）也是个抢手货，常天龙就好这口，落得个油头粉面。几月前，那个助产士调走时，康院长就让他自己女儿及时顶了上去，这等好事哪能轮到我？接下来，另外那个助产士也快退休，如果找不到关系，就会错失良机，今后再也没机会了。再譬如说，弟弟正在上初二，没领导给句话，上高中比登天还难。这些事，对常天龙来说都不难。世上只有人的眼神不会拐弯，他的眼神告诉我，这棵大树正在向我招手。如果只被揩点儿油，便有大树乘凉，那也值得，只怕……只怕人家胃口太大。"唉……"她叹息着，低下头，感到一阵羞涩。倏然间，又油然生出一种悲壮，昂起头，望着彼岸的供销社，对自己说，"兴许，凭我的智慧，可以与他周旋……兴许，那只是长辈对晚辈的疼爱，长辈们总是自告奋勇地对晚辈付出爱，却从不恃功骄塞地向晚辈索取爱，是我以小人之心度君子之腹了……兴许，兴许……"

俩光棍在一声喟叹中走了。他俩几乎在路寮里泡了半辈子，因为家里穷，家庭成分又好，有资格站在道德的制高点，对他人评头论足：谁家不能参军、谁家不能当民兵、谁家不能上高中、谁家不能分得河畔的自留地、地主家的茅坑不能占着路边上的好地段等，就差谁不能娶媳妇让他们来娶了。颜亦水终于等到这两位"播音员"离开他俩坚守的岗位。他俩不仅话多，而且每次她在路寮里设摊打预防针时，总张着嘴傻呵呵地盯着她流口水。预防针多在学校里打，辍学的孩子便成了漏网之鱼，因而康院长常让她赶集之时在路寮里设摊，截住孩子们打"路寮针"，像劁鸡似的，逮着一个打一针，用的是同一个玻璃针筒和同一块酒精棉球，只是每打一针换一个针头。康院长表扬她为国家省了钱。俩光棍则会盯着她，直到酒精棉球从白色变成了黑色——有些孩子一个月才洗一次澡，酒精棉球就变得墨黑。多年后，她想起这样打预防针，就心有愧疚。

没了老光棍这道障碍，她的双脚便自作主张地走在石板路上。石板光滑如镜，在夜晚中演绎出别样风情，它们像水一样被拼凑在一起，东一汪、西一洼，脚踩上去，溅不湿裤脚，却踩歪了她的影子。窄长的白鹿桥上，远看有个幽灵在水面上漂过。一路上没碰到人，在供销社后面的巷子里，田真却撞了个满怀。常天龙已在门后等候多时，让过她后，一把攥住田真，支吾着说："阿……阿姨，送……送药来了。"说完，又去拿了个金弹饼，塞进他嘴里。田真舍不得嚼碎咽下去，想留着明天与弟弟分享，弟弟这会儿该睡了。常天龙很快打发走田真，关上门，转身倚在门上，盯着她，一袭白衣的她，像只等待着献祭的天鹅。

田真回家后，母亲用手背在他额头上触摸一下，发现好像有点儿发烧，便用自己的眼睑贴在他额头上再次确认，于是，就从庎橱里取出冬桑叶与野菊花，煮了碗"桑菊饮"让他喝。庎橱抽屉里，常备有野菊花、重午盐、鸡胗皮（鸡内金）、苏打、石膏和明矾等，那是母亲的"药箱"，药箱里最金贵的当属鸡肫皮，因为一年杀不了两只鸡，而孩子们拉肚子时总用得着它；疥橱又像个货架，它的背上，塞满冬桑叶、荷花叶、金银花、车前草、大头花（夏枯草）、淡竹叶、六月雪、岩珠石斛等，那是母亲的"药房"。哪怕是乌贼蛸（乌贼骨，中药名海螵蛸）、镬焦墨、香炉灰，也可当作母亲的止血药，非不得已是不会上医院的。喝过"桑菊饮"后，母亲就让他睡下。他把头藏进母亲的胳肢窝里，摩挲着母亲肚脐眼旁边的"小肚脐"（那是日本人的子弹留下的伤疤，他相信这个伤疤一直还在疼，睡前总要抚摸几下，想减轻母亲的疼痛），便很快进入梦乡。

隔壁的常天龙慢慢地把梨子装进袋子里，脑袋里的算盘在快速运算着。颜亦水拎起袋子，颤颤巍巍地刚要走，从背后有双手臂抱住她的腰，像被电了一下，她全身一僵硬，便丢下袋子，矜持地挣扎着，想尽快逃走，但又想起工作岗位和弟弟的升学机会……趁她犹豫之间，他嗅着她的长发，用鼻气撩拨她的耳垂，身体紧贴在她的屁股蛋上。他显然是个矿轮老手，一个经验丰富的导演。他不慌不忙，游刃有余，等她出现眼神呆滞迷离，满脸潮红，呼吸急促之后，才开始用自己那尖细的手指，在高山平原上轻轻滑过，他不急于探索峡谷深渊，不能让上钩的鱼儿逃脱。终于，她像中了蛊，或者说，像被注射了麻醉肌松药箭毒碱，一摊水似的瘫倒在他的怀里。他的软唇肆意起来，一路往下，所向披靡地享受着酥软的凝脂……

半夜，田真发烧做了噩梦，惊醒时，影影绰绰地听到窸窸窣窣的声音，后来又听到似女人的哽咽声。他想到那个跳河自杀的十七岁山里姑娘，那个荷花姑姑的侄女——曾在食堂里帮忙的阿玉。他觉得好害怕，便缩进被窝，继续睡了。

太阳照常升起。供销社的留声机唱着样板戏，歌声越过河面，跨过卫生院的围墙，穿过青砖小楼，如同箭镞落在她身上。颜亦水躺在床上，闭着眼睛，泪水从眼角滑下来滴在枕头上。她仿佛觉得常天龙就站在眼前，他一边晃着脑袋，得意地吊着嗓子，用太监样的声音学着《红灯记》里的李铁梅唱"我家的表叔数不清，没有大事不登门"，一边用尖细的手指随着节拍敲击着她的身体，如同针似的扎得她钻心地痛。她觉得，他是在宣告他征服了人们心中的李铁梅，炫耀被他踩在脚下的战利品。感到他老奸巨猾，卑鄙无耻。她想不通，一个矜持少女，怎么会像中了蛊似的变成了荡妇？甚至怀疑，自己还是不是原来的自己，是不是鬼魅附身了？作为涉世未深、实际上才十四岁的花季少女，她怎么会知道世上很多事情的度是很难把握的？就像坐下来喝酒前，已警告过自己，无论如何都不能喝醉，但喝着喝着，就从半推半就变成欲罢不能了，错就错在刚开始就不能坐下来喝。她太高估自己了，草原上的鹿怎能玩得过狼？她在痛心疾首之余，开始担心，"登门的大事"他会不会兑现，总不能为几个梨子把自己给卖了，至少要先当上个助产士，或者先让弟弟上了高中再说……

晌午，田真还是高烧不退。出门准备去卫生院时，看到有人给常天龙送上一条两斤来重的鰄近（鰄鱼，清代赵之谦亦作"榻鱼"）。到注射室打针时没看到颜亦水，康院长说她病了。

他觉得蹊跷，自己发烧可能是出大汗后着凉了，但昨晚她给常天龙送药时还好端端的，怎么也会病了呢？当然，他记得常天龙警告过他，有些事是不能说的，否则，金弹饼就变成耳光。这些不能说的事情让他好奇，况且，此人平时就很不寻常，特别是在吃喝方面。

八

　　常天龙喝酒很不寻常。他不喝普通的酒，别说薯烧白酒，就是糯米烧、五加皮酒也不沾舌头，他只喝陈酿双缸黄酒、米醴琼与老酒汗。双缸酒是指在酿造糯米黄酒时，用事先已酿造好的优质糯米黄酒做基液，重新再酿造出来的黄酒；米醴琼则是酿造糯米黄酒时，用优质糯米烧酒做基液，以黄酒的工艺来酿造。因而虽为黄酒，但绵甜温柔的背后藏着三十多度的酒精，后劲儿十足，不知者很容易被放倒。这两种黄酒，对常天龙来说也只是将就，能吊起他胃口的则是老酒汗。真正的老酒汗并非小作坊所能生产，只有酒厂才能生产出很有限的老酒汗。酒厂在生产黄酒时，最后一道工艺是蒸酒，目的是杀死酒中的微生物以防黄酒变酸，方可陈年窖藏。蒸酒的温度仅凭师傅经验，随着温度的升高，黄酒中的部分酒精会挥发上来，同时一些低分子芳香类气体也随之挥发，这些可是精华中的精华，当然一些有害的醛类物质也被带上来，经验丰富的师傅要在恰当的火候，收集挥发物，使之冷凝成老酒汗。因而，老酒汗就有了等级之分，只有既保留了芳香物，又不带有害物质的才是精品。老酒汗本来产量就很低，而真正高品质的就更少了，酒厂每年才生产个百来斤，还轮不到常天龙来笑纳。可他却能喝上他舅舅转手给他的精品老酒汗，那真可谓清冽醇香、香留齿颊了。而别人孝敬他的老酒汗，则多用来泡杨梅酒，好让他清心祛暑，甚至还拿来泡他的香港脚。他说，老酒汗度数高达六十多度，泡脚很管用。还说，穿皮鞋有档次的人，才有香港脚，穿草鞋的，能上得了香港吗？

　　常天龙不仅对酒挑剔，在吃方面也令人咋舌。有时他会在供销社里用煤油炉做吃的，他不必为煤油操心。自己做吃的，肯定是有人送他好东西了，比如，冬至前的油带鱼，中秋节前后的红边鲻近，五一节的鲳鱼、长花斑的阑胡，十五月圆时的蝤蛑，还得要长黄膏不能长红膏的。他说，虾要吃蚕虾，白虾鲜毒；江蟹（梭子蟹，本地发音更接近"港蟹"，也许更准确，因为梭子蟹是海洋生物，不在淡水里）也鲜毒，但每年刮台风时总会淹死不少人，吃上死人肉的江蟹便长了红膏（他的谬论），好吃，反而不鲜毒了。还说，将猪大肠洗得很干净的，那都是外行，吃猪大肠就得带一点儿淡淡的猪屎味！他的吃法真是特别，就拿鸡蛋来说（本地方言中，任何蛋都叫卵），"新草鸡"（初生蛋母鸡）的蛋，蛋壳上带血迹的那种，是要生吃的，就是在蛋壳上用绣花针钻个小孔，直接含嘴里吮吸，或者拿老酒汗冲着喝。要说鲫鱼吧，那就更奇怪了，他竟然也会把鱼鳞刮了，这可是旧闻逸事。话说当年，田大宝娶进第一房媳妇后，一天，他见媳妇在给鲫鱼刮鱼鳞，就心疼地说："天底下哪有给鲫鱼刮鳞的？鱼鳞油多可香着呢，还算大户人家？连鲥鱼也没吃过！"媳妇没吭声，只管洗鱼，还把鱼鳞收集起来。待鲥鱼蒸熟揭盖时，田大宝发现锅里有个做工精细的银丝箅，上面摆着鱼鳞，而鱼鳞上的油脂已滴在下面的鲥鱼上。媳妇解释说："娘家都这样蒸鲥鱼，据说是宫里的做法。"田大宝不服，呵斥道："鱼鳞健骨，往后不许刮！"此等陈年往事，除了生产队长，村里少有人知。常天龙也正是这样蒸鲥鱼的，而这个银丝箅也出自田家，生产队长准备拿这个精美的银丝箅让银匠打一对"脚镣"（戴在脚踝处的银镯子。《尔雅·释器》中记载：白金谓之银，其美者谓之镣）时，是常天龙拿五斤红糖跟他换的。

如果说常天龙刮鲥鱼鳞只是嘴巴挑剔，那刮鲻鱼鳞可算古怪了。前年冬至，渔业队为了动力柴油送他一条七斤多重的活鲻鱼（大冷天，鲻鱼离开海水也不易死）。鲻鱼当然要刮鳞片，而田勤俭却已盯上了常天龙的鱼鳞。穷人家冬天很难吃上猪皮冻，而冬至的鲻鱼，特别是这么大个的，鱼鳞可以煎冻。猪皮除了油炸制成酒席佳肴"泡胶"（皮肚，用来替代花胶，花胶则是油炸鱼胶），还用来制皮革，刮下来的油脂用于制肥皂，边角料则用来制造药厂的胶囊。田勤俭曾用豆腐皮从胶囊厂那里换得几条从石灰池里捞上来的猪皮，虽然被化工处理过，但也总算让田真尝到了猪皮冻的味道。其实，煎冻是很节省的吃法，一条才手指大的鱼胶，或者几条猪皮，就可以煎出一大樽的冻，能吃上十天半月的，哪怕是鲻鱼鳞片，上面少有的胶原蛋白与脂肪，也能煎出冻来。当然，要在大冷天才行。常天龙当然不会穷酸到煎鱼鳞冻，冬至极寒，正是煎冻时，田勤俭能不觊觎他的鱼鳞么？但是，待到常天龙处理好鲻鱼离开河埠头时，田勤俭发现，河埠头的石阶上一无所有，河水清澈见底，河床上指甲大的鳞片被阳光映得五彩斑斓。他觉得奇怪，这不像常天龙的做派，常天龙在河埠头杀鱼后从来不打扫战场，哪怕是剧毒的河豚内脏，也留着不管（河豚又叫河鲀，本地叫"乌郎"，它并非哺乳动物的海豚，而是属于鱼类）。每当白鹿洲芦苇抽穗时，河豚就会从大海洄游到河里，虽然极为鲜美，却没人敢吃，原因是有剧毒，尤其是内脏。常天龙却敢冒死吃河豚，这与他的身份很不相符。有一次，他将河豚内脏留在石阶上，被田勤俭一脚踢到河里。田勤俭记得很清楚，饥荒那年，不知谁把一对河豚子留在河边，麻子光棍经不起饥饿的唆使，竟把它给吃了，不到一刻钟，就两眼翻白，呼吸困难，被送往区卫生院抢救。他娘得知后，并没有赶往区卫生院看他，而是喝下草乌后死在家里。等麻子光棍被救过来回到家时，发现自己成了个大孤儿，而他娘忙活了一辈子总算凑齐的泡桐棺材板，却早已被他给卖了。那两年人死得多，棺材板可难找了。后来，生产队长让人到白鹿山上砍倒两棵大泡桐，临时打了个棺材，才把他娘给埋了。当然，那都是好几年前的事了。

此刻，田勤俭虽然觉得常天龙反常，但同样经不起鲻鱼鳞片的诱惑。他脱下长裤，蹚进冰冷的河里，用锄头将河床上的鱼鳞连同碎石与泥巴刨进簸箕，然后把簸箕端出水面，拣鱼鳞。在水里，动作还不能太大，否则，鱼鳞会漂浮起来，就捞不到了。如此反复，弄上大半天，冷得发抖才捞够鱼鳞，当晚他们家就吃上了鱼鳞冻。从此以后，常天龙都会把鲻鱼鳞片丢进粪坑里当肥料。他能猜到，常天龙是不愿让别人分享他的鲻鱼，哪怕是鳞片。但他根本想不到，常天龙之所以把河豚内脏留在河边，是计划有人替他验证一下，吃河豚精巢到底会不会死？而田勤俭却一脚打乱了他的计划。

到中午时，田真没闻到供销社里飘出的鳓近鱼香味。他去卫生院重新量了体温，康院长说他的烧退了。他往回走时，看见常天龙正拐进公社食堂。他又感到奇怪，俗话说："八月鳓，抵得上一只鸭。"这么好的鱼为啥不吃而去食堂呢？当然，小孩只是嘴馋，他不会往别处想太多。

昨晚颜亦水来供销社时，恰巧被田真撞上，今天中午常天龙到食堂吃饭，是想听听有什么风声。风声倒没有，可也没看到她。午饭后，他回供销社跟张站长下了几盘棋，很反常地都输了，他总是心不在焉的，不时朝对岸张望。喝得满脸通红的农机员及时把自行车骑回来，没忘常天龙交代过，他自己下午要用自行车，去趟梅龙镇，如果不及时骑回来，就没有下次了，给再多的柴油票也没门。常天龙可不像生产队长们那样有求于农机员，希望在农资分配上能得些照顾，觍着脸给人家敬酒。农机员停好自行车，进来时顺手折一根笤帚苗，用剔牙来暗示大家，今天不光喝酒还吃上了肉。常天龙把棋盘让给农机员，沏了一杯雁荡毛峰，斜倚在门旁。茶杯里氤氲着早茶清香馥郁的热气，让他品出一种特殊的气息，是少女的青蘫嫩萼，仿佛采茶时，那嫩芽被少女在嘴里含过。河水清澈，鳞纹微漾，他的心已飞过河面，落在彼岸的河埠头上，等待她的出现。

这时，老雷正熟稔地割下两斤猪肉，过秤后，用尖刀在猪肉上戳了个小口，把三根稻草拧成一股，从小口里穿进去，像天津麻花似的拧几圈打成结，头也不抬地把猪肉往前面一扔，哼了一声说："地主都吃上猪肉了！"那买肉人，戴着眼镜，一顶工人鸭嘴帽，洗得褪色发白的中山装，表袋里插着一支钢笔，一脸卑微的样子，在常天龙的橄榄绿军装掩映下，就更显拘谨了。他没接老雷的话，在局促不安中，向军装低头致敬一下，挤出个僵硬的笑容之后，才转身拎着猪肉，拐进田真家。老雷喉咙里呼噜响过一阵，朝地上啐一口绿痰，使劲儿用脚蹂掉。常天龙对眼前发生的事情视若无睹，漠不关心，仿佛是灵魂出窍了。

彼岸河埠头，等船的人越来越多，颜亦水终于出现了。常天龙像打了鸡血一样兴奋起来，慌得将茶杯都搁在老雷血淋淋的案板上。老雷瞥着茶杯，茶杯沿口正挨着猪头的大嘴巴，猪头笑容可掬；茶尖像竖立着的饱满稻谷，翠绿欲滴，像是等猪头笑纳。老雷心想，狗娘养的，这年头，别说地主吃上了猪肉，连猪头都喝上嫩茶了！常天龙跃上自行车，一路打着车铃，丁零丁零地骑过桥，停在离河埠头不远的石板路上，用左脚斜撑着，佯装若无其事。他想"顺路"捎带她去车站，好在路上打探她对昨晚事情的反应，怕她做出过激的行为，毕竟丢了清白的姑娘自杀不是稀罕事。她脸色苍白，两眼茫然，转过身子背对着他，显然已听到了自行车在召唤。微风掠过她嘛得亦憎亦哆的嘴巴，也拂过她的长发——她今天没梳大辫子，仿佛是在向他示威："你想霸占李铁梅，我偏不让！"

轮船离开河埠头，她像纽约港的自由女神像，矗立在船头，河风吹起她的长发，也扬起她的裙摆。"她好美啊！"他感叹中，更担心她，将化作一座雕塑，再也不会开口说话。

常天龙回到供销社，委顿倦怠得似打了霜的茄子。老雷还在门口嘟囔着地主吃上猪肉的事，当然，他不会提"猪头喝嫩茶"这档子事。张站长问常天龙："知道不？刚才买猪肉的地主，他上过三个大学哩！中华人民共和国成立前，他考入国防医学院，没读两年就随学校逃往台湾。从台湾逃回来后，又考上同济大学学建筑，因为是个地主，土改时被弄回来，让他在田里放鹅。再后来，又偷偷地去华东化工学院，学的是化工，还是被村民写信要了回来，又放了十几年的鹅。不知咋的，去年却给安排了工作，还当上了工程师，说是县委批准的，胳膊拧不过大腿，这下，生产队就没招了。"农机员在话茬之间接榫，说："我们村也有个，跟他是同学，一起从台湾逃回来的，中华人民共和国成立后在上海挑大扁筐，卖小鸡。听说后来又考上军医大学，现在都已经是大医生了，人家才不是地主。"常天龙只是瞥了他们一眼，不屑地哼了一声。其实，他早就从舅舅那里得知：县里办了个化工厂，却没工程师，厂里打听到他学过化工才找县里要人，县里批准他在工人阶级领导下工作；至于上海那个大医生，则在几年前的运动中被揪出来，是从台湾潜回大陆的特务，已被褫夺职务，尚在审查之中。老雷终于按捺不住，进来问："张站长，他跟田家有亲戚关系吗？中华人民共和国成立后他们来往不少，田真还管他叫小爷爷呢！这事蹊跷，要警惕阶级敌人搞阴谋！"张站长尚心存芥蒂，睃一眼老雷，并不搭理。他记恨老雷狗眼看人低，却不记得谁不肯借给他自行车，让他出尽了洋相。

　　戴眼镜的地主空着手从田真家出来，老雷侧过脸不理他。老雷自惭形秽，愤懑一个地主竟然成了干部（中山装表袋里插着钢笔，老雷猜想他是个干部），老革命却落了个屠夫。老雷说得蹊跷，并不是捕风捉影。田真的爷爷田大宝，临终前曾吐露一个秘密：弟弟田小宝在1943年部队开往福建时曾回过家，那时田招弟还没满三岁。1949年温州解放前夕，他曾帮助两位台湾国防医学院的学员逃回大陆。后来田小宝他自己也逃回家，后因得知宪兵部队属反革命，害怕会被枪毙才返回台湾，从此杳无音信。田大宝说到这两位逃回来的学员，其中一位就是这次给田真家送猪肉的小爷爷，他对田家的秘密守口如瓶。另一位学员，正是农机员所说的上海大医生。

第三章

九

夏去秋来，木槿与紫薇好像一直在不知疲惫地开花。姐姐们只采撷凤仙花，说是腌制起来下饭。田真才不相信呢，她俩没吃过几次，只有白鹿庵的尼姑才长年吃。谁都看得出，她们也想臭美，凤仙花已染红了她们的指甲。田真一大早去河边，折几枝木槿花，说是插瓶子里玩。木槿朝开暮谢，不适合插花，得天天换新枝，其实想碰碰运气，因为偶尔能在木槿丛中捡到一个蛋。这种机会很少，一个暑假能碰到一两次就算是运气了，但他总是在心里跟自己说："那可是一个蛋啊！怎能放弃？"他需要拿折木槿花当由头，好趄摸鸡蛋鸭蛋，否则，人家会笑话他是个大傻瓜，尤其是有促狭鬼故意拿吮吸过的空蛋壳来耍弄他，让他空欢喜一场。为什么找蛋还得找个由头呢？他怀疑自己的脸皮比紫薇的树皮还薄。紫薇树皮应该很薄，要不然为啥人们都说，紫薇像一位害羞的姑娘，一摸它的树身，就会痒得颤抖，叶子簌簌作响？田真记得，去年紫薇木槿相继谢幕之时，已是过了中秋节，母亲用被单铺在丹桂树下面，摇下才米粒大小的花朵，又红又香的，父亲说，这是最好的桂花，叫雁荡状元红。田真还记得，去年采收完桂花，木芙蓉便粉墨登场。父亲又说，木芙蓉不只花好，树皮也好，厚实有韧劲儿，打出来的草鞋才耐穿，若用霜降后剥的树皮，两双草鞋，能走到宁波。

没等木芙蓉的枝头露出花苞，今年的暑假就快结束了。在这过去的大半年里，自从那天晚上，为了几个梨子而吃了大亏以后，颜亦水总是躲着常天龙，没给他接近说话的机会，连大辫子都不梳了。他打不起精神唱样板戏，眼前常常浮现出一双灵动有情的眼睛，一顾一盼，一颦一蹙，都摄他魂魄。他几乎每天在失意颓唐中煎熬。在这段时间里，只有田招弟死了妹夫，田荷花也成了个寡妇，才让他打起精神评头论足一番。还有田家的那个茅坑，也让他兴奋了好几天。他几度暗中撺掇老雷，又多次在恰当时机唆使麻子光棍，终于在田真家的茅坑前面，才两米多宽的地方，强行挤下一个粪缸。

田真家的茅坑原来是个"路头坑"，就是挨着热闹路段的粪坑，有类似门面房的意思。茅坑边上有他们家的稻草垛，前面还有两米多宽的空地。田招弟不会辜负上天的恩赐，但凡有阳光眷顾的空地都会种上庄稼。每当谷雨桐花染紫了白鹿山，她就会在白鹿山稍微平缓的岩石旁，哪怕只有笸箩大的地方，种上几株秧，好让岩石上开满小黄花，长出黑皮西瓜。尽管才十来个西瓜，但不是留给自家吃的。生产队交公粮回来时，船舱里总会残留几斤从箩筐里掉下来的稻谷，稻谷沾上船舱里的水就不能当公粮交了，而运粮的人又不能把这些稻谷带回家，毕竟是集体的东西，但吃到肚子里就不一样了，这时，田招弟会拿西瓜跟人家换几斤稻谷，能占点儿便宜。

田真不是没吃过西瓜。有一次，全家吃了半个西瓜，剩下的一半放在筲箕里，挂得高高的，这样不容易馊，又防止孩子们嘴馋偷吃。田真经不起西瓜的诱惑，趁机爬上桌子，取下筲箕，沿着半个西瓜的横截面，切下一片像大饼一样圆形的西瓜，他以为这样天衣无缝，但这种小伎俩，怎么逃得过大姐的眼睛？她人在外面卖豆腐，心里却同样惦记着那半个西瓜，何况她都快成"生意精"了。还有几次，是吃常天龙的西瓜皮。常天龙一人能吃上半个西瓜，还往西瓜里加白糖。他用调羹舀起来吃，吃到最后，西瓜皮里会残留不少红瓤，可他总是把西瓜皮往河里扔。田真则借游泳之便，先是把西瓜皮当解放军叔叔的钢盔戴，然后将西瓜皮当成容器，在河里摸上半斤螺蛳，堂而皇之地上岸，藏在角落隙里，偷偷摸摸地啃西瓜皮。田招弟既然在岩石上都能种出西瓜，当然也会在茅坑旁种上几株南瓜。当南瓜秧苗长开了五张叶子，就会长出藤蔓手掌，好爬上茅坑和稻草垛，开出硕大的黄色大喇叭，大喇叭成了萤火虫派对的新房，新房长成圆滚滚的南瓜纽，最后变成比磨盘还大的南瓜。

这座每年还能长出几个大南瓜的茅坑，算不上气派，只有三个坑位。这边的茅坑大多没有门遮蔽，也不像学校里的厕所有男女之分，人们都无所顾忌，甚至陌生男女都可以并排而坐，相互可以从侧面看到对方的屁股。三年困难时期，因糠吃多了会便秘，便秘得叫直肠都脱垂下来。田招弟也曾经历过，有路人看到她在茅坑里撅着屁股，痛苦地呻吟着，是田勤俭用筷子撬、手指抠秘结的粪便，再拿倒上菜油的草纸，硬把她脱垂下来的血淋淋的直肠给塞回到肚子里去。当然，像颜亦水这样的城里人是不会上这种没脸面的茅坑，城里人的屁股怎么可以让人看呢？颜亦水刚来上班那段时间，有人在供销社里提起她，常天龙感慨地说："她的脸可真白啊！"他噼里啪啦地打着算盘，心里似乎在盘算着什么，半晌，停下来，眼珠子骨碌转一圈，抬头又望了彼岸卫生院的青砖小楼一眼，从牙缝中挤出一句："兴许，她的屁股更白——唉！"说完摇了两下头，又打起算盘，心里却还在徐而图之。

俗话说，一个大学生比不上一个"路头坑"，意思是"路头坑"的收入相当可观。常天龙唆使麻子光棍时，都是这么说的。他曾多次指摘老雷，在土改时期没分掉田家的茅坑是败笔之作。现在只好让麻子光棍出面，这便有了在田家茅坑前面横生粪缸这档子事。但是，麻子光棍怎能买得起一个大粪缸呢？

用麻子光棍的话来说，是天助我也！是台风给他吹来一个大粪缸。每年暑假都会刮台风，有台风就会有大水。大水会把上游的东西冲下来，有被撞昏的胖头鱼、连藤的红薯、树枝木头、凳椅，甚至还有瓮罐等杂物。台风过境后，村民们会到河边打捞漂流下来的东西。田真会去捡河边的树枝，或者拿钢筋条串树叶为家里增添柴火，这是捡柴火的最佳时机。人们都说："水漂过来的东西也得有人去捡。"意思是只有劳动才能得到果实，世上没有不劳而获的事。但是，麻子光棍从来不去河里捞东西，他要让大水把东西送上门，才不好意思拒绝。有一年发大水，到处白茫茫的一片，村子里水位都快过膝。有条长凳漂浮到麻子光棍家门口，都到这个分上了，他才舍得花力气去捡——他很不情愿地抬起脚，在长凳两腿之间的横掌上轻轻一点，漂在水上的长凳就被立了起来，一屁股坐上去，就成了他家唯一的凳子。

今年台风过后，他又坐在白鹿桥栏杆上，观望别人在河边打捞漂流物。大水汤汤，浊浪裹挟着杂物滚滚而下，水位已涨高到离桥面不到两米，漂浮的杂物他近乎唾手可得。突然，有人大喊："粪缸，粪缸，大粪缸……"他猛一回头，看见从白鹿洲方向远远地漂浮下来一只超大的粪缸，他跨过栏杆，舍我其谁地振臂高呼："天助我也！这粪缸归我了。"他警告，任何人不能跟他抢这个艰巨的任务。大家都停下活儿盯着他。时间仿佛停止了，空气中弥漫着骚动的气息。他踟蹰着，想起电影里"英雄炸碉堡"的情景。浊浪翻滚，粪缸摇摇晃晃，近了……近了……快近了……他做出有生以来最大的壮举，纵身一跃，跳进粪缸，粪缸顿时倾斜，两岸一阵惊呼。他屁股一坐，双臂一展刚好抓住两侧缸沿，大有与粪缸共存亡之气概。终于，他找到平衡，粪缸没有沉没，反而像船多了块压舱石，更稳了。他以臂代桨，劈波斩浪，奋力向河岸接近。围观者在河堤上奔跑，追逐着在急流浊浪中漂向下游的粪缸，他们呐喊着，指手画脚着，捶胸顿足着。几里地之外，已看得见入海口的闸门，在这千钧一发之时，只见黑脸光棍手持竹竿，纵身跃入浊浪，向粪缸泅去。麻子光棍及时抓住竹竿，两人一同向入海口漂去……猛然间，田勤俭从人群中甩出一根长麻绳，麻绳刚好套住黑脸光棍，好让他继续用竹竿拖住粪缸。田勤俭一边顺着急流在河堤上奔跑，一边收拢绳子，将黑脸光棍拉上岸。老雷接过竹竿，将粪缸拖到岸边。

后来，俩光棍都有放弃这个粪缸的想法。老雷也颇为难，内心里承认，光从这点来看，田勤俭的行为已超越了自身阶级局限，当属劳动人民的品德。常天龙却跳出来，对麻子光棍说："你纵身一跃，是壮举，黑脸光棍的竹竿，更是颠扑不破的革命友谊；站在岸上甩绳子的，自身并没有生命危险，谁都能甩，不足挂齿。"被他这么一说，俩光棍顿生自豪，相互看了看，点头赞同。老雷不置可否，心想，毕竟他俩为了这个粪缸，是冒了生命危险，且不说值不值得，单从其行为来看，有着英雄般的气概，可歌可泣。拜上天所赐，蒙光棍兄弟舍命相助，又受高人常天龙指点，麻子光棍终于有了自家的粪缸，从此混上拥有"路头坑"的日子，也重新革了一次地主的命。

田家的茅坑失去了石板路的门面优势，变得少有路人光顾，原来这么好的地段，茅坑一年卖出的壅力（人肥）是笔不小的收入。有人说这无异于抢劫。可田勤俭倒是豁达，反正好事轮不到他家。比如，每年收割的稻秆，都得拖到白鹿山上去晒，早稻的稻秆被水泡了，田真他大姐会被累哭。在河堤上晒稻秆是轮不到的，那里拖出去方便，晒干了往船上一扔，轻松弄回家。老光棍们分得河畔的自留地，晒谷、晒稻秆，想占哪儿就占哪儿，可就是穷得叮当响，连个媳妇都娶不上，他们就盼望着有朝一日，想睡谁家的床，就睡谁家的床。

十

新学期开始时，田真家因少了茅坑里的收入，母亲没让二姐上初中，让她跟着大姐卖豆腐。母亲说，卖豆腐跟读书一样也很有名堂，得先学两年。今天，田真和二弟刚注完册，发了新书。他只身一人来供销社买两支铅笔，更想看看新书包。供销社的墙上挂着簇新的军绿色书包，他只能看看，解解馋，他的书包是母亲用化肥袋给他缝制的。常天龙趁身旁没人，送他一块橡皮擦，让他把几尺已包好的布料送交对岸卫生院的颜阿姨。他很快出色完成任务（没让旁人看见），也不忘回来领取他的金弹饼。吃上金弹饼，他就猜到，这事也不能说的。

颜亦水回到青砖小楼里才拆开包装，是上等的烟灰色的涤卡布料，够父亲做一身体面的中山装。穿上这身好衣裳，上温州都行。布料里面，还夹有两张纸条，一张写着："今晚后门未上锁。"另一张是东瓯县委信笺："县中陈校长：兹有亲戚求学心切，望落实为盼。"落款字迹认不清楚，像医生开的处方。医生写的字总是很难认得，她有几次问康院长，处方上开的是什么药？可康院长皱眉瞧了瞧处方，摇摇头说忘了，他自己也不认得！可拿到药房，人家药房一眼就认出来。县中陈校长也应该认得这落款吧？就像药房认得康院长的处方一样。她喜出望外，一直担心他会食言，这几天，人家高中学生都已开学，还以为自己父母辛辛苦苦种的白菜让猪给拱了。每天在食堂吃饭时，她总觉得在不远处有头猪，正用双眼皮的眼睛色眯眯地盯着她。她见过屠夫老雷案板上的猪头，长着双眼皮的眼睛，总是对着买肉的人讪笑，笑得特别像他的眼睛。这下可好了，弟弟可以上东瓯县最好的高中，这头猪还真的能为拱了的白菜买单，但她还是担心，这张纸是否管用。她不想晚上过去当演员，怕他又要导演一出戏，可又觉得，应该过去问清楚，这几个字很多人都会写，人家校长真的能认得上面写得像医生处方的落款吗？会让弟弟读书吗？

半夜月亮湿，少年惊梦多。田真又从梦中惊醒，又听到诡异的嘤嘤啜泣声，女人的啜泣声……

转日午后，常天龙又呷着热气氤氲的雁荡毛峰，倚在门旁眺望着彼岸。样板戏的歌声舔皱了河面，也舔得他心尖痒痒的，惬意又舒坦。她重新梳起鱼骨辫子，载着身段，踩着碎步，揣着猪买的单，来到河埠头。她要坐轮船去车站，不愿坐他的自行车去，觉得那样太热络。这就是所谓的做贼心虚吧。

她到家时，父亲颜厚德也刚回家，难得有人请他看风水。他很喜欢女儿带来的布料，说舍不得自己穿，得留着往后给颜亦金当新郎官时穿。当然，对儿子能上高中，他何止高兴，应该说是异常兴奋！颜亦水说："这衣裳您就先穿着吧，弟弟成绩好，念好高中说不定还能上大学，结婚还早着呢。"颜亦金对布料不感兴趣，上高中那是他日思夜盼的，他感到惊喜，不安，宛若梦境。颜厚德似乎得意忘形，要跟儿女分享昨天看风水的事。女儿刚想另起话题，妻子使了个眼神，让女儿不要打岔。妻子清楚，这几年丈夫都憋在屋里，人都憋坏了，整日病快快的，难得有人请他，让他发泄发泄，找回点儿自信，对身体也有好处。于是，颜厚德神采飞扬地说起来。事情经过是这样的：

前几天，有人偷偷地请他看祖坟风水，那人便是老雷，他俩之前并不认识。前些日子，常天龙神秘地对老雷说："你之所以被打倒，成了个屠夫，可能有人在你祖坟附近动土修坟，吸走你家祖坟风水。得请个阴阳先生，可破玄机，方能把风水给夺回来。"老雷虽说不封建迷信，但对祖坟还是心存敬畏，听他这么一说，心里就打了个趔趄，有了个疙瘩。可这事又不好张扬，就私下托人找了个不认识的阴阳先生，这不刚好找到了颜厚德。

昨天，天还没亮，他就带着请来的阴阳先生，牵着白狗往大山里赶。他家老宅在邻县，跟西山公社毗邻，他早年一直在这一带打游击，击毙过日本鬼子，后来又在这里修过水库，对这一带非常熟悉。进了山，他像羚羊一样敏捷。颜厚德本来就有肺病，喘着气，走得艰难。

到了下午，在一座院子旁歇脚，有几只鸡在院门口探头探脑，院内有猫儿在洗脸，猪崽吮着狗奶。颜厚德坐下来，刚喘上几口气，母狗就与老雷牵着的白狗撕咬起来。他站起来才走两步，又停下来，对着院子叹息，说："英年早逝，不幸啊！"

老雷愕然，说："你怎么知道？"老雷他心里明白，这是"一门四寡妇"！现今只住着田荷花一家，就是田大宝的小女儿，那个典妻生的女儿田荷花，旧年刚死了丈夫。她婆婆早年丧夫守寡，含辛茹苦把两子一女拉扯大。长子以"姑兑嫂"的方式，娶了媳妇孔香兰，可没几年，也染上了伤寒，把媳妇留给寡妇婆婆。待次子成人，没有哪家闺女愿意再蹚这家浑水，免得万一来个"寡妇三重奏"，后来正赶上大饥荒，靠红薯换来个儿媳田荷花。孔香兰来到白鹿公社食堂，原本希望能改变命运，却让女儿阿玉也成了个小寡妇，魂断白鹿河，孔香兰至今下落不明。一门三寡妇已是够惨，可人到背时，喝山泉水也会硌牙，连田荷花也中了谶兆。

颜厚德有着资深阴阳先生的内涵与稳重，他默不作答，心里也清楚，这只没有尾巴的母狗分明是只猎犬，为了便于在灌木丛中追杀猎物，才被剪了尾巴。按理说猎犬凶猛，但刚才它与白狗撕咬中处于下风，说明这只猎犬已经沦为普通的田园犬了，或者说，是没人带它去狩猎了。母狗没有哺育自己的狗崽却让小猪崽吮奶，那是因为，主人家没养母猪，也买不起普通的猪崽，是将没开眼的狗崽卖给城里人熬狗崽汤，再买回一只刚生下的小猪崽，让母狗养，这叫"猪生狗养"。母猪有时会下过多猪崽，其中那只最弱小的猪崽，总被同胞们挤到一边，找不到乳头，没喝上几口奶，很快就会饿死，主人只能尽快贱卖给有奶狗的人家。"猪生狗养"这等事，一般人家不愿意做，因为多被比喻成孽种或门风不正，从这点来看，这户人家，虽说院子不小，然而早已式微，家境贫寒，甚至连狩猎的男人都没了，只有女人在勤俭持家。再说，仔细看这门檐，春节贴楹联时，还没把之前的白色楹联撕干净，红楹联的下角还露出一小块半新的白纸，只有死了年轻人才贴白楹联，这不明摆着说，旧年刚死过年轻人嘛。

这时，田荷花听到狗吠声，便出来招呼他俩进来歇脚，喝口茶。虽然老雷让她还心存芥蒂，但山里人热情好客，面子上也要说得过去。于是，老雷就拉着颜厚德进去转转。颜厚德瞅一眼门角里的担柱和锄头，又唱叹说："这么好的身板子，难得的好把式，可惜啊！"所谓天机不可泄露嘛。颜厚德心想，担柱是农家必备工具，不仅可以把担子重量分一部分到另一侧肩上，而且可以在驻足喘气时支住担子，被农家比喻成"第三条脚"，像这么长的担柱，少说也要一米八的男人才能用得上；再说这锄头，少说也有四斤，不是一般人能掘得动的。接着，他回头跟田荷花说："你家阴气太重，夜里公鸡都叫不响，猪也养不大！"田荷花惊愕道："先生真是高人啊！"便殷勤地给先生续茶，渴望高人指点。颜厚德接着说："重新垒个雄伟高大的鸡坞，在院子西南边，重新搭个猪圈。"他心里当然明白，这么低矮的窝，让公鸡怎么抬头发声？打鸣声不像母鸡叫才怪呢！还有这猪圈，不是贴着几张新旧不同的神符吗？没发过几回猪瘟，贴那么多的神符干吗？猪圈搭在通风向阳的地方才不易滋生病菌。

老雷佩服得五体投地，他急着赶路，想快点儿揪出到底是谁坏了他家祖坟风水。这回他不再骂常天龙狗娘养的。

最后，他俩赶在落日前找到雷家祖坟。祖坟坐落于一个小山包上，北依巍巍大山，南有小溪潺潺。颜厚德端着风水罗盘，步罡踏斗地在坟地走上一圈，冷峻的目光扫视四周。气定神闲之后，突然，他右手一挥，桃木判官笔指向西面山包，正是一片坟茔荒野。

颜厚德又一次完美地演绎了阴阳玄术的神秘江湖并向家人炫耀一下。颜亦水打了个激灵，汗毛顿时支岔起来，打断他的话说："爸爸，我觉得恶心！跟我们说这些干吗？"颜厚德停下来，很不自在地朝老婆笑笑，像个犯了错的不自律孩子，希望得到母亲的宽容。颜亦水接着说："现在还有几个人相信您这套装神弄鬼的把戏？弟弟又不会学您这行，世上没有比念书更好的事了！"颜厚德出于职业的敏锐，明白女儿已把话题引向念书，今天的主题应该是念书，便讪讪地笑着说："那当然，念书好，念书最好，万般皆下品，唯有读书高嘛。"妻子起身，往布料里塞一枚樟脑丸后，将布料藏到箱底，也算是结束今天话题的意思。丈夫自觉去烧火，女儿择菜，儿子说要去收拾学习用品，准备上学，唯独妻子，仍若有所思。

十一

月色朦胧，蟋蟀仿佛还在叙说着昨日的梦。此时，白鹿村的路寮里，也像秋虫鼓噪般地热闹。播音员总是关心别人的事而不是自己的庄稼。麻子光棍说，昨晚有人看到颜亦水去供销社了。黑脸光棍却说，那是个跳河自杀的女鬼，去寻仇，怪吓人的。他俩报道类似的八卦绯闻太多，大伙姑妄听之，没人上心。大伙议论更多的是今年很反常，这个季节海涂上却出现很多鲟鱼（海蜇），像被台风吹过来一般。田勤俭心想，怪不得前天去梅龙镇赶集时，看到堆积如山的鲟鱼。他心里咯噔一下，这可不是好事！这样下去，往后鲟鱼也会绝迹，就像黄鱼因"敲罟"而绝迹一样。前几年的"敲罟"捕鱼，仿佛是昨天刚发生的事，依然历历在目。

"敲罟"是捕捞黄鱼的一种特殊方式。黄鱼本来也算是名贵海洋鱼种，但说不上是珍稀品种（当时只有"黄鱼七姐妹"中的黄唇鱼才算得上稀罕，现在更是一条黄唇鱼价值上百万元了），是"敲罟"让它们几乎绝迹。黄鱼之所以又称"黄花鱼"，是因为每到清明时节，油菜黄花开花之时便来渔汛。这个时节，大量黄鱼游到近海繁殖，鱼群中的雄鱼会鼓着鱼鳔，发出咕咕咕的求偶声。有经验的渔民用贯通的竹筒伸到水下，像助产士听胎心音似的，对着竹筒侧耳倾听，以追踪鱼群，鱼群被定位后，多船随即展开协同围猎。方法是一齐抡槌猛击船上的柚木敲板，顿时震天动地，洋呼海啸。敲击声与黄鱼发生共振，导致耳石平衡功能丧失（黄鱼头上有两枚耳石，中药叫鱼脑石），黄鱼不论大小雌雄，像得了耳石症的病人，天翻地覆，头晕目眩，悉数昏晕，仰面朝天地漂浮于水面，浮以待毙，真可谓一网打尽。黄鱼的鱼鳞对光非常敏感，只有在黑夜捕上来的黄鱼才会变成金色。白天捕上来的颜色偏白，多用于晒鲞，故黄鱼鲞也称白鲞。只有品相特别好的，一捕上来就马上用草纸包裹其全身，数分钟后整条鱼就变成金色，金灿灿的金色。人们都把金条叫"大黄鱼"，其实，金条哪有黄鱼好看！定亲、走亲戚时，手里掣着一对五六斤重的黄鱼，那才叫吉利喜庆，那才是鲜活的金灿灿啊！那几年，黄鱼多，只可惜，海洋资源哪能经得起这般疯狂掠夺，"敲罟"没能敲上几年，黄鱼就几乎绝迹了。回首往事，田勤俭认为，人们都得为自己的疯狂行为而付出沉重的代价。有时他会对着大海发问，到底是谁发明了"敲罟"？有着沉痛记忆的他，此时非常担心，鲈鱼也会像黄鱼一样绝迹。

　　他决定去海上探个究竟。第二天，太阳刚爬上山冈，田真急着喝红薯汤，还烫着呢，可他急着想跟父亲去赶海。田勤俭在心里推算着"潮驾"（潮候）时辰，说："别急，心急吃不上热豆腐。潮水还没退走，早着呢。"田勤俭虽说不是渔民，但知道潮驾，比如"光水蝤蠓，暗水蟹"，是指月圆之时蝤蠓（青蟹）肥壮，而月底月初那四天，月牙还没出来，所谓的"墨黑四夜"，则是江蟹正肥时；再比如"初八廿三，勿用担篮"，意思指农历初八及廿三前后的日子是小潮驾，海鲜不多，鱼贩子大多不会挑着箅篮出来做买卖。他之所以要记得这些小常识，是因为在"两头潮"或"晚潮"时，才能买到最便宜的东西；还有，他以前也曾有过帮相熟渔民"打潮落"的经历。

"打潮落"是一种古老的围捕方式，效率甚低，渔业队早就不采用了。因其工具简单，易携带，很适合偷猎，尤其是渔民想给自己弄点儿小海鲜时，才会找几个人偷偷地打潮落，方法是：数人各自肩扛几捆渔网，网的两端事先已固定在两根竹竿上，卷成捆。当潮水退走近半，选择海涂有利地形，先由一人在选好的地方插上第一根竹竿，再一边冲向潮水，一边展开渔网，最后将第二根竹竿插进海涂；紧接着，第二个人也冲向潮水，将竹竿紧挨着第一个人的竹竿插入海涂，并用绳子固定两根竹竿，然后展开渔网冲向更远的地方，插上竹竿等待第三个人接力……前面的人只要将两根紧挨的竹竿固定好，就可以辗转重新加入接力队伍。如此反复，三五个人也可以赶在潮水退走之前，围出一个很大的半圆形包围圈。待潮水退去，就可以在包围圈里打扫战场。因为潮水退得很快，人在泥涂里深陷过膝，水过胸口，又不能冲出去太远，所以，如果体力不好、动作不快，没等形成包围圈，鱼虾就随潮水溜了，白忙活一场；相反，如果体力好，潮水还没跑多远，可以追着潮水再打几次埋伏。但是，不能追得太远，否则，一旦涨潮，潮驾卷浪重来，刚刚还是战俘的虾兵蟹将，就会反过来押送你去做海龙王的女婿。当然，这种活儿不多，一是不允许渔民私自下海（饥荒那几年管得特别严），只能私下偶尔为之；二是也捞不到什么值钱的货。田勤俭虽然冲锋陷阵，但毕竟是外行，忙活了大半天，也就讨得两斤不值钱的白虾，顺手带上个鲎帆什么的。用渔民的话来讲，他没喝过几口海水，怎能端得牢"生财"（"生财"，是指瓷器饭碗，因渔船受风浪颠簸，易摔破饭碗，为图吉利，渔民改口称瓷器为生财，一旦有饭碗落地，便大叫一声"落地生财"）？但不管怎么说，这些经历让他晓得潮驾时间，更何况，不管红白喜事，还是动土建房上梁，人们都得翻皇历挑时辰，哪怕是搭个猪圈或酿酒做粿，也得赶在涨潮时辰。

田真喝过红薯汤。等到太阳褪去橙红，就变得发白耀眼，暖融融的。父亲吩咐他记得带上长绳，田真问："要捞很多鲟鱼？"父亲笑着说："你能拖一个鲟鱼回来就不错了，鲟鱼很重的！"田真挠挠头，有点儿不相信，心想，鲟鱼不是像锡饼皮，薄薄的一层吗？但他没再追问，等一会儿就可以看个究竟。他们刚出门，走到麻子光棍房前时，发现麻子光棍正坐在石臼上晒太阳，仔细一看，却发现他的破棉袄下方露出一截屁股。他一年到头不是光膀子，就是穿这件油渍渍的破棉袄，好像没穿过其他衣服。田勤俭虽然很少跟他搭腔，但还是好奇地问："在这儿晒太阳？"他得意地笑了，说："傻瓜才光着屁股晒太阳，脱裤子不是屙屎还能干啥？我才不像你爸，连放个屁也得往自家茅坑跑！"田勤俭诘责道："这往后还让人捣麻糍做粿吗？"他用傲慢而带征服性的眼神看着田勤俭，说："日本人不光打死你家地主婆，还在全村灶锅里屙屎，大家还不是照旧烧水做饭，有谁会舍得买新灶锅？"田勤俭意识到不能继续跟他瞎掰下去了，匆匆走人，心里说："遭雷殛的！"

父子俩顺路到海边亲戚家借了个"海梯"。这工具有的地方叫泥马，有两米来长，半尺宽，可容一条腿单跪着，像外国男人求婚似的。怪不得，这里把出海为生的人叫作"讨海人"，意思是向大海乞讨的人。在湿滑的海涂上，赶海人骑着海梯，凭另一条腿的发力后蹬，如同牧民策马驰骋草原，海涂就是赶海人的牧场，他们世代靠这爿海涂吃饭。

伴随海鸥的叫声，田真闻到一股浓郁的鱼腥味，湿湿的、咸咸的、黏黏的。眼前出现一条望不到尽头的土夯海塘，海塘上布满小洞，有许多蟛蜞在周边爬行。田真问父亲："是不是田蟹（清水大闸蟹）的幼崽呢？"父亲说："是蟛蜞。"田真又问："没见过有人吃蟛蜞，是不是个头太小，肉又少？"父亲笑着说："它们两只大螯像不像古人拱手行礼？"田真说："还真的很像耶。"父亲又说："《论语·阳货》中有记载：'礼云礼云，玉帛云乎哉？'故蟛蜞也叫礼云，又称相手蟹，它们即便是拥有强大的武器，也要收起武器拱手以礼，有谁会跟它们过不去？"父亲让他背过几句《论语》，此刻他明白父亲的意思——以礼待人，不会吃大亏。

父子俩翻过海塘，便看到退潮后的海涂，是一望无际的黑黝黝一片。成群的白鹭野鸭在挑三拣四地找吃的，它们可真挑剔呀，海涂上的生物种类实在太多，都把它们给惯坏了。它们最喜欢吃阑胡（清·俞樾《右台仙馆笔记》卷七记载：阑胡，亦名弹涂，海滨小鱼也）。父亲告诉他说，阑胡是一种能爬又能飞的小鱼，营养丰富，能治水肿病。当年大饥荒时，很多人得了水肿病，阑胡成了救命药，也得凭票购买，很多人都没听说过还有"阑胡票"，价格还是黄鱼的三倍呢。田真看到有人在专门钓阑胡，是站在远处甩钩，把仅有两三寸长的阑胡钩上来的，是钩住阑胡身体，不是钓，手法眼力令人叹服。钓者手持竹竿像木头一样站着，盯着海涂——阑胡在细腻如墨的涂泥上用它那像脚一样的胸鳍爬行，鼓起的双眼像雷达转动，晒着太阳，东张西望，它们吃着海涂上的藻类，一有风吹草动，就张开像蓝蝴蝶翅膀一样漂亮的背鳍，一甩尾巴就飞得老远。至于怎么钓阑胡，这里不妨先借用一下下文：

瓯人钓阑胡

　　谢公适野，出于东瓯滩涂，见瓯人钓阑胡，犹掇之也。谢公曰："子巧乎，有道耶？"曰："吾有道也，钩坠于后正拨，于左则右拨，于右反之，距三寸疾拨，失者锱铢。吾处身也，丝毫不动如槁木僵尸，虽天地之大，万物之多而唯阑胡，不反不侧，不以万物易阑胡，何为而不得！"

　　翻译成白话文，意思大概是：永嘉太守谢灵运前往野外，看见东瓯人在钓阑胡，好像拾掇东西一样容易。太守问："你身手这么敏捷灵巧，有什么诀窍吗？"东瓯人回答："我有窍门呀，钩甩过去落到阑胡后面，就从正面拨竹竿，落到阑胡左边则往右侧拨，落到右边则相反，距离阑胡三寸快速拨竹竿，很少失手。我身处在滩涂中，像枯木僵尸一样丝毫不动，虽然天地很大，万物很多，在我眼中只有阑胡，不转身也不侧身，任何东西都代替不了我眼中的阑胡，还有什么阑胡钓不到！"

田真写这篇小文显然是借鉴了古文名篇。老师对此做出肯定，说立意好，做任何事情都要心无旁骛专心致志才能做好。老师的话一直激励着他。

回头接着说田真的海涂见闻。水鸟它们喜欢吃阑胡，但不怎么喜欢吃潮汐蟹（蚬蜋）。多如牛毛的潮汐蟹，举着比它身子还大的鲜红大螯，在领地上秀着肌肉，但一声轻轻的咳嗽，足以让它们迅速滚回到洞穴里去。有些似乎并不心甘，转过身来，趴着洞穴口，露出半个身子，吹着唾沫，竖起一对像战地电台天线样的眼睛，向外张望，像在向邻居们打听，刚才到底发生了什么？一会儿，又像是被告知，有情况！又退回洞穴，顺手扒一块土块把洞口给堵上。

海涂生物实在种类繁多，让田真应接不暇。当然，今天父亲带他来，是为了看鲊鱼。搁浅的鲊鱼如同草原上的蘑菇，个头比筐箩还大，星罗棋布地趴在海涂上。琥珀色的主色调中掺杂了多种颜色，正中央近乎无色透明，近看像个巨大的胶冻，晶莹剔透得能看到暗红色的鲊鱼头，宛若一个超大塑料袋里装着一大包水，大水包坐在下面暗红色的鲊鱼头上。父亲介绍说，鲊鱼传统的捕捞方式是用竹竿叉。具体方法是，需两人协同合作，借轻巧的小船在近海寻找，一旦发现有鲊鱼浮上水面，立即靠近，用不到一米长的短竹竿叉过去。鲊鱼不属鱼类，当属水母，没有耳目，活动不能像鱼类随心所欲，只能"靠虾儿当眼"、随波逐流，加上目标太大，很容易被叉中而亡，随同竹竿尸沉海底。但须臾之间，又带着竹竿浮上水面，默默地举着竹竿，排队等待打捞。田真蓦然想起一个成语，问："水母目虾，就是这么来的？"父亲说："对，虾与鲊鱼是合作关系，虾有东西吃，鲊鱼有了耳目，但鲊鱼没有独立判断能力，终究要吃大亏。"父亲停下来，叹口气，惋惜地说："这么多的鲊鱼搁浅，自送上门，还从来没听说过，这就是靠别人当眼的下场。"

赶海人正忙着打捞鲊鱼，他们嘟囔着，对市面上明矾涨价表示不满。因鲊鱼身上几乎都是水，得用明矾把水打下来，就像用食盐腌萝卜一样。这几天，明矾用量很大，一时出现"东瓯矾贵"。父亲说，温州自古有个大矾矿，这情况不会持续太久；生活用水也不受影响，虽然大家吃河水得用明矾净化，但每家灶台边都备有明矾，能用上好几天。

田勤俭显然不是吃这碗饭的，骑着海梯深一脚、浅一脚，歪歪扭扭走得很慢。父子俩都摔了几跤，全身是泥，活脱脱的两条阑胡。他们捡了一些蛏子、海瓜子、花蛤和蟶蟓。田真还抓了只鲎帆，说是给弟弟玩。不知不觉中太阳偏西了，有人借着海风、乘着涛声，对他俩大喊："涨潮了，快涨潮了，赶紧回！"新手在海涂里行动不便，涨潮时潮水追得很快，因而要提前撤退。父亲听说过有人饿了走得慢让潮水带走的骇人事件，也理解海涂是人家的水田饭碗，让捡点儿小海鲜，已给足了面子，人得知足。最后，父子俩用绳子绑上一条鲟鱼，费了很大劲儿，才拖到海塘上。

他们抬着鲟鱼回家。快到家时，发现麻子光棍还坐在石臼上。田勤俭感到奇怪，屙屎怎么会比赶潮的时间还长？潮起潮落要六个时辰，赶潮少说也得两个时辰。便随口问了句："又屙屎？"麻子光棍不屑地说："要不它自己游出来，我是不会花力气去屙的！"说着，露出满足而从容的笑脸。田勤俭不想与他对拍，也犯不着与他为敌，就匆匆离开。田真问："他不是有自家粪缸了吗，怎么舍得屙在这里？"父亲反问："连屙屎都不肯花力气的人，会舍得花力气走上一百步，屙自家粪缸里？"说完，像是不够解恨，又说了句："当年怎么没吃糠？要不然，活活堵死他！"

应该说，麻子光棍能过上坐吃"路头坑"的日子，常天龙功不可没，甚至起决定性作用。常天龙还告诉老雷祖坟风水。表面上看，常天龙对他俩都不错，但事实并非如此，有件事很能说明问题。有一次，老雷正在肉铺里跟大家分享他的峥嵘岁月。麻子光棍质疑他，说："你被母猪都拱倒过，还有胆量杀日本人？"老雷有次杀公猪时，背后有头愤怒的母猪趁其不备，一头撞过来，将他拱翻天。这是路人皆知的事实，但麻子光棍的话，让他感到奇耻大辱。他虎着脸怒怼："你才胆小鬼，连头母猪都没搞过，还不如黑脸光棍那头猪牯！"这话一说，把边上的黑脸光棍也一起得罪了，好像黑脸光棍理所当然地搞过母猪。这时，常天龙问老雷："别说杀个日本人，就一个小手指，你敢剁吗？"老雷想都不想，就说："谁敢把手指放到案板上，我就敢剁！"大家都盯着麻子光棍，眼里满是委以重任的期望，等着他发话。麻子光棍犹豫了一下，还是说："他敢剁，我就敢放！"他不相信老雷会有这个胆量，也迫于众人撺掇的眼神。围观的人越来越多，大家齐喊："放！放！放！"麻子光棍咬咬牙，把小手指放在案板一角，抬头瞪着老雷，射出仇恨的目光。大家又齐喊："剁！剁！剁！"黑脸光棍感到情况不妙，想要制止，却人微言轻。常天龙双手插在裤兜里，冷冷地笑着，一副蔑视的神情。老雷举起剁骨刀，他无法忍受常天龙的蔑视，也坚信，麻子光棍在最后一刹那会抽手认输。剁骨刀寒光逼人，麻子光棍心里有些动摇了，但他已是骑虎难下，只能寄希望于老雷在最后一刹那刀下留指。悲剧发生了，随着剁骨刀的落下，手指滚下案板。大家啊的一声，后退几步。一条黄狗钻进来，迅速叼起手指，摇着尾巴，"咯吱，咯吱"咬两下，吞了下去。麻子光棍痛得咧开嘴，尤显犁牙耙齿，发出刺耳的声音，就像铁匠铺里烧红的铁器瞬间淬入水里，冒着青烟，发出的吱吱声。手指截面先露出白白的骨头，瞬间被鲜血淹没。黑脸光棍捏住他的创口，扭头看见常天龙得意的眼神，犹如戏文里，那个站在城头摇鹅毛扇子的人，便想，刀是老雷的，拿刀柄的人该是常天龙！

后来，这事怎么收场的呢？常天龙说："老雷的刀是砍在自己案板上，谁把手指放进来是活该。"麻子光棍说："人比猪金贵，一个手指好歹也得赔上一个蹄髈。"最终，一个蹄髈就把事给了了。这件事说明，常天龙对他俩并不好，他只想看到血淋淋的结果。同样，他只想挤掉田家的"路头坑"，并非关照麻子光棍。他告诉老雷祖坟风水，也无非是想看看，狗血的神奇摧毁。

十二

　　一转眼，田真都到了五年级，可他一直没能戴上红领巾。戴红领巾的同学非常神气，常扛着纸糊的红缨枪去抓地主批斗，地主面对一群拿着纸糊家伙的小屁孩，也乖乖地跟着走。他小时候见过爷爷戴着长长的尖顶纸帽，挂着个大牌子，撅着屁股挨批斗。知道由于爷爷的原因，自己学习成绩再好也不让戴红领巾。不让戴红领巾也罢，可同学们总是有意无意中耻笑他。一次，老师说了一个句型，让同学们造句："香的花不红，红的花不香，牡丹花又香又红。"同学们一时答不上来。此时田真有些走神，心里钻起牛角尖，又浮想联翩：牡丹虽说国色天香，但香味肯定不算最好，兰花的香才好，要不然，村里怎么会有三个女人都叫香兰？也没听说过有叫牡丹的女人。再说，红牡丹也不见得香，黄牡丹才香气浓郁。爷爷老宅园子里原先种有一红一黄两株清朝时期留下来的牡丹，后来这园子分给了生产队长，虽然人家不再管它们，但它们每年总会开花。可惜那牡丹，在队长搭建牛棚时被铲掉了。父亲曾提出想要回这两株牡丹，可队长宁愿把它们捣烂制药（其实芍药才是中药），还讥讽道："别再做梦了，还想着雍容华贵的日子？"田真想到这时，一不小心，一个响屁从他肚子里噗的一声溜出去。同桌从臭屁中嗅到灵感，连手都没来得及举，倏地站起来，大声发言："响的屁不臭，臭的屁不响，地主的红薯屁又臭又响！"顿时，引得同学们哄堂大笑。类似的羞辱不一而足，最让他憋屈的还是成绩年年第一，却年年评不上三好生。上回班主任来送成绩单时，母亲就问起这事儿，老师说，待五年级毕业时，无论如何也要送个三好生。

但因为后来的一件事，别人说他品行不好，三好生终究泡汤了。那天晚上，他们几位同学按事先约定，每人各出一块圆粿（年糕），用于"斗拢吃"（类似 AA 制聚餐）。当然，大家要先去地里偷些蒿菜，因天太黑，看不清到底是谁家的蒿菜。转日，发现是自家的蒿菜被偷了，田真父母也不怎么生气，他家的菜常有光棍兄弟"帮"着吃，都习以为常了。谁承想，有位大姑娘却找上门来，是那位最小个子同学的大姐，她伶牙俐齿，理直气壮，说他骗取贫下中农的圆粿——他个头太高，胃口太大，小个子同学就吃亏。最后他家赔了半块圆粿，还落了个人品差，因此丢了三好生。

田真是长高了不少，而且心理也有微妙的变化。那天晚上"斗拢吃"回来时，因天色太黑，在后门巷子里又跟颜阿姨撞了个满怀。他触到她胸前软软的东西，那种软像发得恰到好处的馒头，不松也不实，让他有一种说不出来的神奇感觉。还有一件事，他渴望周三快点儿到来，只有周三下午，全年级数学好的同学集中一起上课时，他才有机会与那个高个子女孩同桌。有一次，课间休息时，他不小心弄翻了她的铅笔盒。她从厕所回来后，发现铅笔盒里用于描红的墨锭被摔断了，便张口大骂。那时候，类似这种情况，女孩通常都会骂男孩，好像不骂就被视为不是个好女孩，骂得越像个泼妇，才越是个正经的好女孩。当着众人的面，他不敢承认。上课时他忐忑了好久，才红着脸用蚊吟般的声音说："是我不小心弄翻的，下星期我赔你一条新的。"她愣了一下，说："我才不要你赔，如果知道是你，我不会骂的。"他琢磨着她的话，凭什么就不骂我？莫非她瞧得起我。他俩平时不在同一个班，只有周三下午才坐到一起。从此，他盼望着周三，希望看到她脸颊上盛满纯真的深深酒窝。但是，有一段时间，他又想逃避。那时他正在闹胃病，常有呕吐，怕吐出来的食物会出卖他。因为他们家吃的多半是红薯汤，况且，母亲总是有办法，把红薯汤里本来就少得可怜的米饭先捞上来，留给小弟吃。他怕自己在最不恰当的时候，来一次该死的呕吐，就会让她发现他们家实在太穷了。其实，让同学们感兴趣的是某女孩呕出一条蛔虫，抑或是某男孩在课堂上从裤裆里拽出一条蠕动着的蛔虫，没人会对呕吐物感兴趣，更不会去数呕吐物里到底有几粒米饭。他这些复杂的心理活动，说明他已经不是个小屁孩，他开始多想了。他不愿在"深深酒窝"前面丢人现眼，是青春期的萌芽。

待到小学毕业，他还是拿不到三好生。班主任私下告诉他母亲，骗取同学圆粿只是个托词。真正根由，是在学校组织的"忆苦思甜"活动中，麻子光棍又说起中华人民共和国成立前被地主毒打，落下满脸坑坑洼洼的疤痕。田真站起来，像《皇帝的新装》里的男孩，说了句实话，当场揭穿那陈词滥调的骗人谎言——那是天花病落下的伤疤，不是被他爷爷打的。校长明知他说得对，想处罚他又不能拿到桌面上来讲，只能找个别的理由。班主任曾提出异议，说骗取同学圆粿有些牵强，这事又没发生在校内。校长又在田真的作业本中找到了新的罪证，那是老师要求描写二十四节气立春的日记：

立春

蜡梅已坚守了个把月
好不容易
才等来了春
蜡梅疲惫憔悴
腊梅却对她说
该是梅花的天下了
不沾边的，通通走开

海棠想
都是蔷薇同门姊妹
总得让咱也露个脸吧
她刚冒出头来
却看到
表妹寒樱
已躺进春的怀抱

校长把作业本一摔，拍着桌子，训斥班主任："你这个语文老师是怎么当的？梅花开时，给我写出这么多的花来，竟敢抢革命之花的风头，还表妹寒樱，还躺进春的怀抱！"校长顿了顿，似乎激昂得喘不过气来，可又拉高八度声调，接着说："表面上看，是对春天的向往，骨子里却充满资产阶级的妩媚、对无产阶级革命的仇恨！"班主任知道，田真只是观察到百花争春的自然现象，这里包含着两个知识点：一是蜡梅断非腊梅，连梅花的边都沾不上；二是梅花、海棠和樱花却同出一科。班主任明白，田真只是利用这些常识，简单地模仿着十四行诗；尽管他误以为只要凑齐十四行短句便是诗，不懂十四行诗的分段格式与每行诗句的抑扬格音节，但一个小学生有如此的观察力与想象力，应该值得肯定，更何况内容健康，并无弦外之音，无可指摘。但班主任又怕这事被闹大了，只得承认自己的错误，也承认田真骗取同学圆粿的事实，连忙给校长递上水杯，求情说："您先消消气，他还是个孩子，哪能有您这么高的革命觉悟，还不是正需要您的帮助嘛！"校长见好就收，因为他清楚，如果给田真戴上这顶帽子，他这个当校长的也脱不了干系。

十三

在校长的关注下，他轻轻地走了，没带走一片红纸奖状。他不免有些失望，但还是如愿以偿地上了初中，前提是他必须在周末与假期跟上姐姐们，学着卖豆腐。卖豆腐也有行业规则，大家都得沿着划分好的路线叫卖，不能抢占别人的地盘。他家的路线没经过那个有"深深酒窝"的女同桌的家门口，否则，他打死也不肯卖豆腐。他不想让她看到自己成了个小豆腐郎，尽管他俩上初中后再也没同班过，也没再说过一句话。卖豆腐除了走固定的路线，有时他们还要去金溪镇赶集。赶集得凌晨三点出门，沿着长长的石板路穿过梅龙镇后，还要穿越金溪峡，翻越雁荡山，要走上几个小时。他还挑不动担子，只在姐姐们的两个摊位之间做交通员，互通信息，互通有无。回来时，大姐会让他挑她的空担子，自己却为五角钱替别人挑重担子翻越雁荡山。那时候，这条山路来往的生意人很多，这种挣钱的机会也不少。多年后的今天，常有户外运动爱好者穿越金溪峡，他们可曾听说过，当年有一位十几岁的女孩，仅仅为了五角钱，挑着百来斤的重担，穿越这条峡谷翻越雁荡山。

　　有诗云"鸡声茅店月，人迹板桥霜"，鸡鸣声声，催促着他们出门卖豆腐。田真抬头望一眼东方的启明星，便知道白鹿桥上有霜了，他发现，如果看不到星星，就不会降霜。也晓得，桥面总是比路面更容易积霜堆雪，但他还不懂得，那是因为大地母亲的温暖，才让路面的霜雪更容易消融。白鹿洲的芦苇没能贴上温暖的大地，也像桥面一样容易上霜，尽显"蒹葭苍苍，白露为霜"之意境。宋人有云"忘却芦花丛里宿，起来误作雪天吟"，那是在描写秋日的芦花。到了雪天的白鹿洲，可谓"漫天暴雪蚀花絮，过岗凄风浸骨心"。

　　南方的雪，化得快，却有着蚀骨般的冷。白鹿洲的那座石桥，积雪总是化得很慢，又湿又滑。他们的鞋底已被磨得如同纸片，又薄又滑，只好光脚潈在泥雪里，用脚趾抓着桥板，颤颤巍巍，胆战心惊地通过，生怕掉下去不被淹死也会被冻死。大山里气温更低，雪也更厚，有时找不到避风雪的地方，会被冻得嘎嘎抖。大姐心疼他，把他抱在怀里，让他避风取暖。他感到大姐的怀抱像母亲般温暖，让他非常享受。这事只有大姐知道，每当回忆起来，他都觉得害羞。也许在大姐看来，他只是个孩子，在很多农村家庭，姐姐充当母亲的角色，照顾弟妹是很正常的事。

　　姐姐们总不愿穿草鞋，在人少的路段，姐姐们会光脚走路，舍不得穿鞋，因而脚底常会皲裂流血。田真磨穿了鞋底，脚趾长了冻疮，父亲不忍心，决定做双耐磨的胶底鞋。他找来一块废弃的车胎橡胶，用刀割出鞋底模样，再将它们夹在两片铁板之间压平，用铁丝箍紧后，一同在水里煮上大半天。果真，煮出一双平整的橡胶鞋底！神奇得如同姑娘吃上婆家的饭就能生出娃一样。母亲找出鞋锥子，锥子却松动了，从木柄上掉下来。父亲找了块明矾放在铜勺里，将铜勺伸进灶膛里加热，待明矾熔化后，倒进木柄孔中，就将锥子固定好了。田真问："将锥子放火里烧红，很容易钉进木柄，不是更好吗？"父亲说："锥子淬火过，才坚硬锋利，再烧红就退火变软。明矾不到一百摄氏度就会炀掉，不会让锥子退火，在孔里一凝固，就能抱紧锥子，牢固又耐用。"母亲用修好的锥子，花了两天工夫，才做出一双胶底布鞋。父亲欣慰地说："这鞋底，三年也磨不穿！"田真脸上写着花，二弟却嚷着也要穿，母亲改口说，田真只能周末卖豆腐时穿。二弟没穿几天就把胶底鞋踩脏了，母亲洗过之后，在太阳底下还没晒上半天，胶底就像妖怪被打回了原形，卷得像笋壳。田真正愠恼于二弟穿坏了他的胶底鞋，却看见父亲在摇头叹气，明白父亲的难处，就不再吱声了。

田真穿上草鞋卖豆腐，有时像姐姐那样光着脚走路，脚底也皲裂流血。他尽量不让家人知道，不愿让母亲花上七分钱，给他买一个蛤蜊油涂伤口。有一次，经过卫生院门口时，颜亦水发现他足后跟皲裂的创口，正流着鲜血。她怜悯地叹了口气，领他到换药室，给他消毒、涂上凡士林膏，还送给他一小瓶医用凡士林膏。她吩咐说："凡士林膏跟蛤蜊油是一样效果，不够可以再来。"田真惶恐不安地张望四周，问道："被康院长发现了怎么办？"她浅浅一笑，若无其事地说："有什么大不了的，麻子光棍酒瘾发作时，颤抖着在地上打滚，涎水吧嗒地向康院长乞讨酒精，康院长刚倒出一小瓶，他就当场喝了，立马恢复正常。"她停了一下，似要宽慰他，接着说："他都讨过好几回了。"田真心有不爽，心想，怎能将我跟麻子光棍相提并论？但又想，从记事起，我都矮人一等，就连最好的玩伴也会拿地主来侮辱我，有几个人能像她一样不鄙视我？顿时，觉得心里暖暖的，便说："你心真好！"颜亦水接着说："麻子光棍酒瘾发作时对康院长说，家里能卖的都卖掉了，连'歇梁'也卖了。""歇梁"是个啥？田真笑道，这是白鹿村的逸事掌故，父母经常说起，不能学麻子光棍好吃懒做，最后连"歇梁"都锯下来卖了。

　　麻子光棍住的并不是蓬牖茅椽的"破厂笆"（用茅草或稻草搭建的披屋），而是土改时期分来的一间砖瓦房。房子虽说不算宽敞，但不逼仄促狭。他家也没啥家具，连个灶台都没有，是用黄泥缸灶烧火做饭。缸灶旁的柴火稻草便是他的眠床，他躺在"床"上，望着家徒四壁——应该说，能拆下来的都拆了，能换几个钱的都卖了——总觉得头顶上的这根"歇梁"是多余的，甚至碍眼！"歇梁"是什么呢？建房之时，当两侧砖墙砌到足够高度，要在正梁下方先置上一根横梁，接着，往上继续砌好"人"字形山墙后，才上梁钉椽，铺瓦筑脊。完工后，这根先前置上的横梁，正好在正梁下方悬在空中，看似对屋顶不起任何承重作用，但对两侧山墙的侧向受力有着很大帮助，就像凳子两腿之间的横掌一样，有了横掌才板扎耐用。可是麻子光棍认为，这根横梁不承担任何重量，只是个摆设，是一根不出力、歇着的梁。就好比他自己，在生产队里只是个不出力气、歇着的闲人。他这样比喻实在太抬举自己，倘若他能算得上"梁"，那柴火也能当椽了。他每天躺下来时总望着那根"歇梁"，确信自己还有点儿家底——还有一根"歇梁"可卖，尽管他听说过，鲁班爷建房是不会多用一根木头的。终于有一天，在酒瘾的合谋下，让黑脸光棍借来梯子，帮他一起锯下"歇梁"，换得一个蹄髈，两斤烧酒，撮了一顿。颜亦水听完这个故事，觉得麻子光棍既可怜又可悲，认真地说："不肯劳动是可耻的，不管种地还是做豆腐，劳动都是光荣的；学习能增加劳动本领，能更好地为人民服务，你要珍惜学习机会。"田真挠挠头，心想，学好知识，为人民服务，地主也能光荣？

就在田真上初中那年，颜亦水的弟弟颜亦金刚好高中毕业，那时初高中都是二年制。颜亦金本来有一次很好的机会，空军来县里招一名飞行员，他通过苛刻的体检成了两名候选人之一。政审时有人说，他的父亲在破"四旧"时属于打击对象，他如果当了飞行员，哪一天一时想不开了，把飞机开到台湾去怎么办？常天龙的舅舅不可能因为外甥的说情，在会议上为这种重大的问题表明立场，但他私下跟外甥说，等到下次征兵时给弄个陆军名额。那时候没有公务员或事业编制可考，也已取消了高考，能读大学的都是被推荐上来的，经过历练有着很强实践工作能力的工农兵学员，当然也有少数能力很一般、光靠背景混进来的。家庭成分并不好的颜亦金当然不可能上大学。他最好的出路就是参军了，因为他母亲不能再为他找个家属工的岗位，再说了，参了军就是军属家庭，是光荣之家，父亲的历史就会得到漂白，可以挺起腰杆子做人。那时的军人社会地位着实很高，高到什么程度呢？举个例子说，最缺温暖的老光棍，纵有几个脑袋也不敢招惹军嫂，否则，就等着把牢底坐穿。所以，大多数有志青年，都渴望军营生活。当然，颜亦水心里还藏着一个秘密，常天龙说了，参军回来就能找个好工作。

那年冬天，邻居们都意想不到，颜亦金竟然参军了。队伍出发时，人山人海，锣鼓喧天。颜厚德一身挺括簇新的烟灰色中山装。颜亦金穿着橄榄绿军装，腰间系着正中央有五角星的武装带，斜挎军用水壶，后背有一块被折叠得像豆腐干一样整齐的行军被，英姿飒爽地伫立在整齐划一的队伍最前排。人武部干部向每位家长敬了个庄严的军礼。颜厚德泣不成声，他做梦也不会想到，穿军装的干部居然向他敬礼！更不可思议的是，自己的儿子竟然也穿上了军装！此刻，颜亦金心想，不去参军还能干啥？去串联，去上山下乡，还是去学木匠、铁匠、泥瓦匠？总不能在家跟着父亲学阴阳八卦吧！至少，一人参军全家光荣不会假。颜亦水倒没像父母那样泪眼婆娑，她盼望着这天已经太久了，也为此付出了代价，她此时正在憧憬着几年后弟弟参军回来，有了个体面工作时的幸福时光。

第四章

十四

　　两年后，卫生院里来了个新的助产士。颜亦水委实失望，几天没来食堂里吃饭。那时，田真初中毕业没能上高中，他心里有点儿怨尤爷爷，夹了一辈子臀儿，最终夹了个地主回来，孙儿连高中都没得上。但他倒没有像颜亦水那样，难过得几天不吃饭。当年秋收农忙过后，大姐刚出嫁，他就正式接过大姐的豆腐担子，做起了豆腐郎。

　　第一天，东方尚未破晓，河面上罩着白雾，一担担的豆腐担子，走过长长的白鹿桥，沿着石板路到达梅龙镇后，就各奔东西。他的担子一头是豆腐，另一头是一块石头，石头是用来平衡的。母亲说，刚开始做生意，能把这点儿豆腐卖完就行，犯不着把石头也卖了。每到一个村，他与二姐会从村的两头各自有节奏地吆喝着："豆腐嘀，豆腐！豆腐嘀，豆腐！"到他俩会合时，他总没有二姐卖得多。二姐告诉他："吃得起豆腐的，都是有钱人家，要记得哪几家吃得起豆腐，在他们家附近多待一会儿，叫响点儿，豆腐拌酱油是孩子们的最爱，孩子们经不起诱惑，大人被嚷得心疼，总会买的。其实，散卖比整斤卖更划算，能把一斤豆腐卖到一角钱，要记得，划豆腐时要利索，才显得老练，似乎切得很准没占人家便宜，人家都喜欢含水少的边角豆腐，切边角的时候可以少切点儿。"他当然知道这些，大姐也早说过，主要还是自己脸皮薄，有人的地方不敢叫卖，没人的地方却叫得特别响。

走完石板路，已到了路头村，姐弟俩坐下来歇歇脚。二姐说，听老人们讲，以前，进山卖盐的，卖虾皮鱼干的，卖豆腐的，卖针头线脑的，都会在这里歇脚，时间一久，像个临时驿站。人们在这里喝茶、互通信息，甚至做买卖。村里人热情好客，从不收过路人的茶水钱。要是像镇上人那样，路边摆个桌子，两杯茶水收上一分钱，也能养活一家人。山里人赶集，每个村都会在镇上找个大宅，当固定的落脚点。他们只讨点儿凉水喝，偶尔借镬灶热一下食物。到了午后，他们陆续回到落脚点，人一齐，就开着队伍往山里走。他们可不会白喝人家的凉水，端午到了送粽箬，乞巧节到了送绿豆、乌豇，还有南瓜，年前又是糯米又是红薯粉的。可镇上人总是心安理得地笑纳，也从不想想，他们到山里时，山里人是如何接待他们的。当然，山里人也拿不出值钱的东西，但从本质上来说，是一种不对等的关系。山里人受制于自然条件，心理上有攀附镇上人的需求，反而更助长了镇上人的傲慢。田真接过话茬，说："书上说城市与农村有差别，没想到镇上与山里也有差别。"二姐说："是啊，我们可不能对不起人家，卖豆腐时尽量多给点儿，更不能缺斤短两。"

山里还要走上十几里，二姐对这一带也混熟了，熟得连狗都撒着欢儿，绕着豆腐担子直摇尾巴。而一旦与二姐分开走，狗就朝他疯癫狂吠，吓得他差点儿跌倒，豆腐涂地，这下他明白什么叫狗眼看人低了。让他最恼火的不是狗，而是有顽童嘲笑他："打豆腐，打豆腐，打到日昼（中午），倒了水牛屎。"

中午已过，二姐已空着担子，叫他把剩下的两斤豆腐送给附近的翟奶奶，自己在岔路口等他。

翟奶奶用瘦骨嶙峋的手摸着他的头，闪着泪花，嗳嚅着说："田真会卖豆腐了，田家后继有人了，你姐总要嫁人的。"田真被感动着，乖巧地问："奶奶，都是一家人，怎么还不搬下山一起住？"翟奶奶颤抖几下嘴唇，说："傻孩子，奶奶还有个自己的家。"翟奶奶把他的一只手放在自己手心里，另一只手在他的手背上摩挲着，像打开了话匣子，把憋在心里的话都说出来："当年啊，你伯父他爸得了重病，能卖的都卖完了，只剩下妻儿。这世上还有比卖儿子更惨的吗？所以只能卖妻子！他爸没把我卖掉，只是典给你爷爷，就临时租借，用于生孩子，租期是三年，租金三十大洋。租金本来不止这点儿，你爷爷答应，先拿这笔钱服侍好他爸，等病好了，再下山。双方谈停当，牙婆就让人写好租契，画押成交。可谁承想，大洋都花完了，病还是没好，小腹鼓胀得像怀胎，可就是拉不了尿，让尿给活活憋死的。我割下腿上一块肉当药引，也没能留下他！"田真愕然，心想，这人怎么能租呢？生下娃娃到底该归谁？生产队租来的耕牛，如果生下个小牛犊，可要归还牛客的。又想，只听说过"啇股疗疾以示虔敬"，没听说过这人肉还能当药引的！还能喝得下去？顿时，他感到一阵恶心。翟奶奶停了停，抹了一下眼角，接着说："埋了他爸，腿上的伤口还没长好，就去了田家。到了田家，才知道屋里也没个女人，你奶奶已被日本人打死了，我还要背着你娘，缝补浆洗，烧水做饭。生下你姑妈荷花后，不到一年就回到山里。你爷爷虽说有十几亩水田，但爱财如命，连江蟹都舍不得买，人家穷人都拿最便宜的腌江蟹下饭，他呢，拿腌鲎帆下饭，腌臭了也舍不得丢。鲎帆的肉怎能吮得干净？他会把有些吃过的鲎帆重新倒进缸里腌着。有一次，家里来了几个修葺房子的木匠师傅，几天下来，他们就发现东家不厚道，木匠在几块吃过的鲎帆硬壳上车了几个小洞，当暗记，就被揭穿了。有人说你爷爷心肠毒，杀出血来，也是蓝色的，像鲎帆的血。其实，你爷爷不是心肠毒，是舍不得花钱。但他对我，还算厚道，说屋里没女人，孩子们可怜，让我留下来别走。可我山里的家还在等着我回去呢。临走时，就多给了三块'袁大头'。最可怜的啊，是荷花！奶水没吃上几口，就见不到娘，只能按照规矩呀，离开了田家，就不能再进田家门。"

翟奶奶又长长地叹了口气，接着说："这还不算呢，苦命的荷花啊，才不到十五岁，就赶上大饥荒，田里的老鼠、蛤蟆都被吃完，镇上还饿死不少人。那时，你娘正怀上你，眼看全家快撑不住了，你爷爷只得把荷花嫁到最远的山里，从这里上去还得走上半天呢，况且这户人家已有两个寡妇，所以荷花死活不嫁。你爷爷说，如果不嫁，饿死的首先是荷花，因为饿死大人谁来管孩子？荷花又是最能吃的时候，饿死别人不划算，嫁到山里那是给荷花留条活命。"翟奶奶停下来，似乎说不下去了，但透过田真的泪水，一双清澄的眸子在鼓励她，她觉得应该把所有的心里话告诉这个懂事的孩子："你是田家的长子，有些事应该告诉你。荷花说是嫁，其实就是卖到山里，换来三石红薯干，才让全家活下来。可谁知这饥荒闹得那么长，后来，山上还是送下不少红薯干。红薯干送没了，荷花让男人想办法，山里人重情义啊！她男人竟把楼板拆下来换粮食。饥荒总算是过去了，可这几年，每年还是接济你们几百斤红薯干。眼下，荷花也成了个寡妇，真是苦命哟！往后你们可别忘了山里的亲戚啊！"

田真告别了翟奶奶，回想起两次去姑妈家的经历。

最近一次，是父亲带他去姑妈家奔丧。姑父刚丢下居家老小，死于一场意外。姑妈家是在最远的大山里，翻过那座大山就是邻县了。姑妈家的村子不大，是个自然村，一泓溪泉在十几户零散人家中穿行，涓涓流淌，空气中有一种孤寂的味道，四周是岑寂的大山，除了森林，只剩种红薯的旱地，少有水田。山里人主要收入是红薯和木材，但森林早就归国家所有，不能私自砍伐，所以姑父会去挖些中药材、狩猎野猪来贴补家用。中药材在药店里加工后，以"钱"为计量单位，高价卖给病人，山里人却是以"石"为计量单位，将药材贱卖给药店，几个月攒下来的一石药材，好不容易挑下山，也卖不了几个钱。野猪则不然。它们不光糟蹋庄稼，而且只有野猪肉，才是村民能拿得出手的、能唤起有钱人胃口的食物；况且，一个野猪肚的价格，远比一石药材值钱，人们总相信啥都能消化的野猪肚能治好所有的胃病。姑父就因野猪而死，是在土法制造狩猎弹药时，被炸死的。当时流了很多血，村民们用藤椅当担架，好不容易将他抬到半山腰时，村里赤脚医生却站在山冈上把他们给唤回来，说忘了还要在他屁股里打一针红色的维他命（多年后田真推测是维生素 B_{12}），说红色针是补血的，可以维护他的命到镇上。这样一去一回，浪费了宝贵的救命时间。后来，区卫生院医生说："血都流光了，怎么救？这种维他命只对慢性贫血有用，对急性失血，维他娘的命！"

田真记得，姑妈家的院子不小，但已显颓败，围墙墙体很厚，是用石头垒的。他猜测，山上石头多，山里人也不缺工夫，几代人的光阴也不值几个钱。田真想起来了，院门的木板也很厚，足有几寸厚。当时他猜想，以前山上的木材不值钱，不值得花力气再把它锯开来分成几块用。不过有一点，他当时没上心——两层楼的房子，有楼板簧却不见楼板——农村建楼房，等有经济能力时再铺楼板，也是常有的事。此时，才从翟奶奶口中得知，当年姑父为了他们家不被饿死，只能拆下楼板换粮食。他猜想，当时山里木材不许买卖，只有卖自家房子上拆下来的旧木料才不犯法。他鼻子一酸，管不住思绪，接着想，扛这么多的板材，走这么长的山路到镇上，要花多大的力气啊！于是两眼又湿了……

田真想起来，就是从姑父这次事故起，母亲才开始偷偷地卖血。那天，姑父被送到区卫生院时还没死，急需输血。那时还没有血库，都是临时找人，现抽现用，除了动员家属献血，卫生院还得找人买血。卫生院有个线人，手里掌握着一张不小的卖血网，人家都叫她胖婶。她有张慈善的脸，却毫无血色，像上天故意不给她一张有血色的脸。其实，她曾经有过一张红润的脸，也曾经卖过血，后来得了再生障碍性贫血，且不说卖血，每年还得输好几回血呢，当然不会有好脸色。胖婶目不识丁，业务能力却很强，不仅记得所有卖血者的血型与地址，还知道她们（卖血者以女性居多）上次卖血的时间，下次例假的日子，何时去"请"才恰当，很少有扑空的。田真当时并未在意，是母亲比别人多献了200毫升，一共抽了600毫升血，就让胖婶给盯上了。献血并未救回姑父。"一门三寡妇晋级为一门四寡妇"又成了供销社一时热门话题，田真听到隔壁常天龙说："都吃了人家那么多红薯，这债是该用血来还！"还听到："这血都有红薯味，顶个屁用！"后来，田真慢慢知道，只要胖婶从房后巷子里来回走过，没说一句话，也用不着使个眼神，最多轻轻咳嗽一下，母亲就借口外出，坐上胖婶藏在白鹿洲的乌篷船赶往区卫生院。母亲回来时，总会在一大碗水里加半勺红糖和少许盐巴，就着欣慰，就着苦涩，把水喝完。喝糖盐水是胖婶吩咐的，要不然，哪能舍得放红糖？

　　还有一次去姑妈家，那年田真还没上学。很多细节都记了，只记得刚进村时，有妇人正坐在蒲墩上，一手摇着纺车，一手像演员做着兰花指一样挥动，眼光顺着起伏的手臂移动，纺车嘤嘤地响着，妇人看到他们，停下纺车，同他们热情地打招呼。在路上时，母亲吩咐过他，去亲戚家吃饭时一定要注意，只能吃桌上中央的三碗，如年糕、汽糕或炒面等。周边的菜只能看，不能吃，因为多半是从邻居家临时借来的，如果客人不明就里，到时主人就不好向邻居交代了。除非，中央三碗吃完后，主人把周边某几盘挪到中央，说明这几个菜不是借的，可以放心地吃。田真到姑妈家后，饭桌上的情况果真如此。后来他在多个场合，发现大家都遵守这个不成文的规矩，也算是约定俗成吧。那一次，给他留下最深印象的是，他们到姑妈家还不出半个时辰，就有妇人送来几碗银豆鸡蛋点心，田真一眼认得，分明就是方才那位纺纱妇人。姑妈解释说："山里人平时舍不得买味精、酱油、猪油，也少有来亲戚，有时不一定能做出点心，谁家方便就会送点心来，下次他们家来亲戚时，尽量还上这个人情。"当时，田真感到挺有趣的。他还不懂得，在这样艰难的生存环境下，山里人是多么渴望亲情与友情，他们只能抱团去应对困难，哪怕困难只是家里来了几个亲戚时，因物质的匮乏而造成的尴尬。

如今，尽管他还没真正长大成人，但他已经会思考，他想起邻居大娘借蛋的事儿。那天，大娘来到他家门口，手里抓着一只芦花鸡，站在门槛外面，表情局促地说："家里来了三位客人，想做三碗银豆鸡蛋，可家里只有五个鸡蛋，想借一个凑双。"大娘无非只想借一个鸡蛋，为什么要解释那么多？其实，就想说明她家平时是有鸡蛋的，这不已经有五个了，只是一时不方便，她还得起。大娘又接着说："等这母鸡下了蛋就还上，我刚探过蛋了，快有一两重。"说完，她像怕别人不相信她似的，用右手食指轻车熟路地插进鸡屁股眼，说："真的，挺大的，不信你试试。"大娘之所以站在门槛外面，一是怕鸡屎拉在人家屋里，二是从心理上来说是有求于人家，甚至还当场探蛋，说明不仅有蛋，而且这蛋还挺大的，不让人家吃亏。田真把此事与姑妈家邻居一对比，真是天壤之别。可这下，又让他联想起"探蛋"。

记得没上学时，有一次，他闹着想吃酱油拌饭，可家里赶巧没钱买酱油。母亲被嚷得没办法，就让他去探蛋，说等母鸡下了蛋，就换钱买酱油。他追了大半天终于逮着母鸡，母鸡涨红了脸，不停地拍翅蹬脚，发出愤怒的叫声，似在控诉着人类的无耻。他学着大人的模样，将手指插进去，还真的触摸到一个硬硬的东西。于是，那天他就盯上了这只母鸡，盼望着快快下蛋。午后，母鸡从窝里走出来，"咯咯，咯，咯咯，咯"地炫耀它的功劳。他来不及给母鸡打赏，捧着热乎乎的鸡蛋往孵坊跑，孵坊用灯照过鸡蛋后给了他两分钱，那天他吃上了酱油拌饭……

田真一路回想着，走到了岔路口，二姐看见他红着眼，便问："奶奶跟你说了些什么？"他心里想说，我们家不能忘了这份恩情啊！可终究是没说来，只憋出来一句："奶奶说我长大了。"二姐笑着说："让你一个人过去，就是让奶奶看看，你长大了！"

十五

　　是的，田真又长大了不少，生意也做溜了，早就把那块用来平衡的石头给扔了。有一次上山，岭上下来一位挑着一担柴火的姑娘，姑娘很自然地朝他打招呼："梅龙豆腐客，上来啦？"山里人把梅龙镇周边都通称梅龙，主动打招呼也只是山里人的淳朴习惯。他心想，这一担柴火，少说也有百来斤，挑到梅龙镇，可比卖豆腐要累多了。看样子，姑娘的日子也不比我好到哪里去。顿时，有种同病相怜的感觉，一股暖流便涌上心头。姑娘头上冒着汗气，像刚出笼的热气腾腾的馒头，一股健康的青春活力像蒸汽一样散发着，被阳光亲吻过的汗津津的脸，黝黑里透出红喷喷。这张脸让他想起小学时的高个子女同桌，那个"深深酒窝"，可惜，好久没见到她了，也许人家才不会藏着那条断成两截的墨锭……转而他又想起那天夜里，"斗拢吃"回家时，不小心触到颜阿姨或者说是亦水姐姐，她那酥软的胸……他甚至想起，那个因为被剪了一撮头发就跳河自杀的阿玉……回头他又想，如果对面这个姑娘肯给他当媳妇，哪怕是卖血，也要给上七十尺布票，即便是没有红薯干当嫁妆，也要待人家好，就像待自己的姐姐一样。那天夜里，他帮父母磨了一会儿豆腐后，躺在床上想着挑柴火的山里姑娘，辗转反侧了好久，才睡去。他做了个梦，梦见颜亦水朝他盈盈地笑。

他们夜以继日，要赶在过年前做出更多的豆腐，大冷天的豆腐，泡在水缸里不会变酸，好在过年时大量出售。他们年前果然卖完了所有豆腐，那头肥猪也没叫老雷赶走，卖了个好价钱。正月刚过，辛夷树那毛笔样的花蕾，已悄然无声地变成洁白的高脚杯。

麻子光棍说："颜亦水前天坐乌篷船走的，但没看到有病人要送往区卫生院，她怎么舍得花这个钱？兴许，兴许船里还有个汉子。"黑脸光棍就喜欢插科打诨，抢着说："知道不？区里有些干部下乡，不喜欢骑自行车，改坐乌篷船了，说是在里面躺着舒服。还说夜里河风冷，得有条被子呢，不晓得，一对男女干部，在一条被子里还能干出啥事？兴许，榫卯相接，厮磨交缠，好不羞涩！在河里转悠了几个公社，还不肯上岸，听说，这船都改名叫浪漫船了。"麻子光棍及时接上，说："见过几回了，每次常天龙都不在供销社里，我问过船老大，船里还有个常天龙不？船老大都不说话，他当然不会说，这钱来得容易，不能断了生意。可后来还是说漏了嘴，说是两人在船里吵架，自己啥都没听清楚。我赶紧追问，跟谁吵架？他打了一下自己嘴巴，不开口了，再也掏不出硬货。"

颜亦水走了快有半个月，没见回来上班，康院长说她病了。那天，正像麻子光棍听说的，他俩是吵架了。她怀上了常天龙的孩子，她想把孩子生下来，而他说孩子必须打掉。她说男人应该担当，他却说自己不可能离婚，他正在让舅舅运作，把他调往县供销总社呢，不可能为了她而影响仕途。她有所顾忌，首先，弟弟回来还要靠他帮忙找工作。因为她们家虽然是城关人，却是"新居民"（自理口粮）户口，一种既没田可种，又捞不到吃商品粮好处的不阴不阳的户口，她娘儿俩虽说是在卫生院里上班，因为没有城市户口，只能是合同工，质言之，就是个长期的临时工。弟弟参军回来，如果是个城市户口，肯定给安排工作，像弟弟这种情况，还得有关系才行。其次，上次助产士的事虽然没办成，但他说过，想办法给弄个公社计生员的名额，计生员虽说也是聘用的，但可以转正成为国家干部，可以吃上商品粮。前思后想，她同意打胎。他如释重负，重申能弄到计生员名额。但又提了一个要求，打下来的胚胎标本必须交给他，而且要泡在酒精里，不是常规的福尔马林里。他说只是好奇而已，但不喜欢尸体解剖室里福尔马林的味道。她猜想，表面上看，他在顾左右而言他，项庄之意却是不给她留下任何把柄，做到万无一失。她自以为聪明，洞见小人之心，认为也没必要拒绝此等把戏。在这次交谈中，她没有任何话语权可言。事实上，自始至终，她一直被他玩弄于股掌之上，她实在太年轻了。

打胎的事当然只能交给母亲，因为这是母亲擅长的，况且只有母亲才能替她保密。她没有说是常天龙干的好事，那样会让母亲除了伤心，还会觉得对不起女儿而倍感自责，她编造了个被老光棍强奸的故事——这黑锅让他们背定了，谁让他们爱嚼舌头呢。这样只让母亲感到伤心和不幸，不会感到自责。尽管母亲曾经怀疑过她怎么会弄到这么好的布料，但她说是用青霉素针换的，母亲就信了，因为母亲工作的银溪卫生院病人很多，护士会捡到这种好事儿。接着便是母亲的安慰，还夸她懂事，说她不报警是最聪明的选择，报警了就把自己的一生给毁了，不报警还可以自圆其说。

回家的当天晚上，她借母亲值夜班的机会，托词陪母亲值班去卫生院做人流。那时，像母亲郝秋月一样，很多助产士除了接生，还会做流产、引产这样的小手术，更有甚者，会看一些常见妇科病，几乎是个全能的妇产科大夫。当时，还有一位农妇在场，只身一人来的，很听话的样子，她感激地说："都去白鹿庵求梦十几次了，菩萨没保佑我怀上个一男半女，倒是先让刚还俗的尼姑怀上了，老公说我还不如尼姑，连个屁都捣鼓不出来。这会儿，我算是遇到活菩萨了！"

她们三人一起进了人流室，郝秋月先让女儿躺上手术床，边消毒边吩咐说："月份太大了，如果再拖个把月，该叫引产而不是流产了，子宫颈要扩张得大点儿才行，再痛也得忍着！"说完，又转过身用命令式的口吻跟农妇说："待会儿你装着很痛的样子哭喊！"农妇像是疑惑，又像明白了，直愣愣地看着，像母鸡啄谷似的不断点头。随着母亲不断地更换冰冷耀眼的金属条，从毛线棒针粗，逐步增粗到手指粗，子宫颈被金属条撑得撕裂般地痛。接着，便用明晃晃的金属刮匙，在宫腔内搅动，伴随着恶心、锥心的痛，她手心、后背都痛得出冷汗了，但她只能咬着牙，强忍不哭……同时，边上的农妇佯作撕心裂肺般哭喊，歇斯底里的。农村妇女，好像都有装哭的天赋，她像经历过死了婆婆装哭的洗礼，配合得恰到好处。

颜亦水的人流手术顺利完成，躺在一边休息。该轮到农妇了，她并非做人流，而是做人工授精。那时并没有试管婴儿技术，郝秋月却无师自通地学会了人工授精技术，就像良种站给发情母猪做人工授精的那种。农妇已婚五年未孕，丈夫被诊断出死精，无生育能力，私下打听到郝秋月会做人工授精，就找上来了。郝秋月做人工授精前，要做好必要的准备工作。首先，要选在值夜班时间，这样耳目少，毕竟这种事情见不得阳光，只能偷偷地干。其次，也要跟提供精子的人先约好时间。精子只能现采，趁热用，卫生院可没有良种站那种液氮罐，可以冷冻保存精子。最后，也是最重要的，必须选择在排卵期，就像母猪必须在发情期配种一样。发情期的母猪很好辨认，没有多少文化的郝秋月，她是怎么推算女人的排卵期呢？其实她很有一套，能够问牛知马，触类旁通。那时，著名数学家华罗庚在全国推广优选法，即黄金分割法，县里有点儿文化的工人几乎都知道0.618这个神奇的数字。只有小学文化的郝秋月，除了算术老师教过的中位数，还听说过黄金分割0.618优选法，她将月经周期的平均28天，用中位数与黄金分割，推算出三个关键时间节点，分别是第11、14、17天。她会借打胎的名义，先给病人做一次人工授精，接下来的两次，是以复查或上药的名义，而且正好都是她值夜班的时间，她每隔三天值一次夜班，刚好。如果时间不对，她会找借口跟别人换班。今天是该农妇月经周期的第11天，郝秋月用透明玻璃针筒，从一个事先准备好的小瓶子里，抽取不到两毫升的灰白色精液，借着一条橙色的导尿管，把精液缓慢地注入农妇的子宫里。农妇很平静，没有一点儿痛苦的表现，只是不断地眨巴着眼睛，像是在憧憬当母亲的幸福。整个过程不超过一刻钟。最后，郝秋月还帮农妇交了手术费，当然，单子上写着"人工流产"而非"人工授精"，交费时，还故意对着收费室嚷上一句："怪可怜的，都没个人陪着。"

一切天衣无缝，农妇很感激，以为特地为她找了个替身。其实，郝秋月只是顺便拿农妇给自己女儿打掩护。先前做成功的两例人工授精，都是让患者假装哭喊几声就算蒙混过关了。可是，这时颜亦水心里还有个疙瘩，这热乎乎的精子从哪弄来的？母亲神秘地说："刚向太平间那看守老头买的，每次五角钱，便宜着呢，不到两块钱就能生个自己的孩子，就当送人家一篮鸡蛋补补身子。"颜亦水震惊，说："造孽啊！刚才那老头长得又矮又丑，且不说有没有遗传性疾病，可要买也得找个长相俊、脑子灵光的呀！"母亲一脸无奈，说："这是积德，女人没生孩子会很惨。这东西可不好找啊，总不能在大街上嚷。卫生院里虽说男人不少，但我开不了口，再说都是有工作有身份的人，有谁会愿意卖这东西？即使愿意，他老婆也不会大方到这程度！而这老头就不一样了，他只身一人住太平间旁，一个月才几个工钱，但有利是钱可拿（红包），是替人埋死婴。他怕丢了这份好差事，见我都低眉顺眼的，好向他开口。"颜亦水不再反驳，心想，助产士确实常遇见死胎死婴。家属是不会把尸体抱回家的，都直接找人埋了。胎儿在娘肚子里是宝贝，死了就是小鬼，不是自家人，进不得自家门，也不能埋祖宗坟地。婴儿从被确认死亡的那一刻起，家属就与死婴一刀两断，划清界限，翻脸不认尸。人们之所以这样无情，是要女人尽快走出悲伤，好"重整河山待后生"——再生一个。想到这里，她感到人性的淡漠和女人的悲哀，心里又想，丈夫不育又不是女人的错，为何让女人来遭这份罪？为何不离婚？不离也罢，不妨找个中意的怀个孩子？但是，中意的谈何容易，男人还不是垂涎于女人的肉体，到时如何收场？

那天的打胎大概如此，那都是半个月前的事了。

今天，常天龙一早带着一包荔枝干和两斤古巴糖出门，刚好在门口撞到张站长。张站长猜到是荔枝干和古巴糖，便阿谀着问："老婆又生了？小姨子坐月子？"常天龙脸帘子登时甩下来，说："海龙王说水潺（水鱼，鱼小嘴大），只赢张嘴颊；你不说话，没人把你当哑巴！"说完，瞪他一眼就走了。

傍晚，乌篷船载着夕阳，从长长的白鹿桥下悠然漂来，欸乃桨声中，搅碎了恬静的彩霞，泛起一片血色的潋滟。她穿着厚厚的棉袄，小心地上了岸，微微浮肿的脸，像是善于捕风捉影的评论家们所说的那个怀孕中的蒙娜丽莎。灯火阑珊时，寒风冷月，广播在哀鸣完最后的《二泉映月》后也睡了。常天龙独自坐在房间里，桌子上躺着一本旧得发黄的《丹术遗闻》。他正对着一个小瓶子发呆，一个用过的青霉素玻璃瓶里，泡着一个腰果样的粉嫩肉球，他能辨认得出它上面比芝麻点还小的眼睛、鼻子和嘴巴，本来它有机会可以喊他爸爸的。他踟蹰着打开瓶上的橡胶盖子，耸了耸鼻子，一股酒精味窜进来，他用镊子夹出肉球，将它包裹在桂圆肉里……夜，死一般地阒寂，偶尔，夜鹭呃的一声划破白鹿河的夜空，让人毛骨悚然。隔壁的田真还在忙着他的豆腐，他在艰难地生活下去。他听说过旧社会地主想靠喝人奶长生不老；听说过七十岁的老财主拿十七岁的少女来冲喜；也听说过翟奶奶当年曾割下身上一块肉拿来做药引，想感动天地以拯救垂危中的丈夫；还听说过人类社会都很残酷，残酷得人吃人。但是，没人告诉他，这个社会将要发生翻天覆地的变化。

十六

　　人生并非一汪平湖，人的命运谁也说不清，但有一点是肯定的，那就是多数情况下，人的命运总是跟国家命运息息相关。接下来的几个月里，常天龙接连在收音机里得知重大消息，人们沉浸在悲痛之中还不到一个月，却迎来了大快人心的粉碎"四人帮"。供销社门庭若市，每天都有很多人在议论国家大事。常天龙变得脾气暴戾又忧心如捣，每当有人说到县里某某人被隔离审查时，他就拍着柜台大声怒吼："勿传小道消息！"后来他舅舅被隔离审查的消息坐实，他改口说舅舅是个孤儿，当年是被外公收养的，跟他没有一点儿血缘关系。

　　颜亦水在打胎之后就看透了他。有一天，她听到两位助产士为了一个胞衣（胎盘）在争吵，就联想到常天龙也好这一口。忽然，跳出一个令人毛骨悚然的问题，他要那个胚胎标本时，为什么一定要泡在酒精里，而不是通常的福尔马林？盖上橡胶盖不是什么气味都没了？难道……联想起他们之间的那些云雨之事，颜亦水觉得他是个心理扭曲、变态的人，他好可怕啊！打胎后这半年多来，她幡然从梦中醒悟，常天龙几次用镜子反光往对岸打暗号，她都没搭理，好像一下子懂事了不少。因此，她没有对他舅舅的下台表现出失望，之前也早已写信告诉弟弟，人还得靠自己努力，鼓励他争取在部队里提干，到时部队转业到地方，就是干部了。她对常天龙已经不抱任何希望，连门前划过的乌篷船，都让她悚栗，唯恐避之不及。

又是半年多过去了。老雷的冤案得到平反，他不卖猪肉了，听说要到县里工作。路寮里的闲人说，老雷抗战时期就参加革命地下工作，还杀死过日本鬼子，理应平反。供销社里常天龙却说是他的功劳。张站长疑惑问："莫非你舅舅又当了更大的领导？"常天龙心里想说狗血的秘密，嘴里却说："你知道个屁，天机不可泄露！"此刻，他后悔把天机告诉老雷，怀疑舅舅的下台与老雷的平反存在着必然联系。

隔壁的田真已几年没到供销社里听他们瞎扯。他瞧不起常天龙，已经到了鄙视的程度，因而懒得去听隔壁说些什么。每当回想起某个深夜，睡梦里隐约的啜泣声，他心里就有一种说不出来的难过。繁重的体力活儿往往能减少甚至消除精神上的痛苦。灶旁是个长方形的石板豆腐工作台，工作台上方摞着正方形豆腐格子，田真正忙着自己的豆腐：黄豆要选六月黄，豆腐才有韧劲儿；浸豆，两荚要饱满，中间不留空隙；磨盘要大，点豆要均匀，磨出来的豆浆才细；烧豆浆要打三次"油脚"，免得潽浆，沥豆浆也得沥三次才不浪费，卤水也要拿得准，搅拌程度关系到豆腐脑的老嫩；还有更重要的，是"捉"豆腐，每当搅拌板轻轻划过浆液，表面划出两个缓缓旋转的小旋涡时，他有信心，每斤黄豆中能"捉"到四斤半的豆腐。熟能生悟，他俨然已成了个"老豆腐"。

豆腐坊吟

> 瓢勺清缸春月亮，
> 石盘点豆数光阴。
> 凝脂更要千秋卤，
> 却是西施苦泪涔。

他这首小诗，是对豆腐人家的理解。他对自己的豆腐人生也已习以为常，直到有件大事，又让他心生波澜——二弟居然考上了县中尖子班！这事也成了供销社里的热门话题，常天龙愠怒地说："听说还有一位比他高两分的，却没能上县中，这年头，胡汉三又回来了！"他咽不下这口气，妒火中烧，夜不能寐，背着手烦躁地踱来踱去，好不容易熬到东方吐白。广播刚开始唱《东方红》，常天龙就骑着自行车出门，骑了十几里地，先是找到村支书，最后终于找到那个高两分却没能上县中的学生。他义愤填膺地对他们说："地主少两分还能上县中，贫下中农多两分却上不了，这是啥世道！支书，您应该为贫下中农做主啊，带他们去县里告。"

当天下午，支书就带上一拨人，去了东瓯县信访办。老雷刚落实工作，被安排到信访办工作，支书进来就一声"同志"，双手已捧着他的手。他顿时觉得一股暖流涌上心来，很久没人叫他同志了，能不激动吗？支书觉得他脸熟，就套近乎："同志，我好像在哪儿见过您？"老雷搪塞过去，但很耐心地向支书解释，生怕他们走了，就再也没人陪他这个同志说话似的，他说："两个孩子都没达到县中录取分数线，但地主家的孩子因数学满分被县中尖子班特招了，文件上没说地主不能特招，我也没办法。"老雷心里虽然认为，连猪肝都不能吃的地主当然不能上县中，就连普通高中也不行，但他还是讲原则的，必须服从组织决定。突然，支书挠了挠头，又套着近乎说："噢噢……我……我想起来了，你……你就是那个杀猪的？"老雷登时非常恼火，像被人在脸上吐了口涎沫，他一拍桌子，站了起来，睁目大怒："杀猪的？老子还杀人呢！滚！"支书似乎明白过来，说了不该说的，愧怍惶恐，灰溜溜地走人……

　　常天龙没能挡住地主家孩子上高中的大门。双抢农忙之后，田真送二弟去县中上学。为了省车费，他来回走了七个小时。回家磨好豆浆后，在床上翻来覆去睡不着。脑子里回放着在县中见到的情景：有人在踢足球，音乐舞蹈室里天鹅少女伴随着钢琴声翩跹羽振，宣传栏里的大卫、维纳斯石膏素描画和像字帖样的书法作品……一切都是他从来没见过的，就连人也都跟村里的人不一样，个个都是春风满面、意气风发的样子，连走路都像鞋底装了根弹簧似的。还有，城里的女同学说话口音也像颜亦水一样，柔声细语得让人心尖儿痒酥酥的，有一种让人甘心臣服的魔力。他想，如果自己也能到这么好的学校里上学该多好呀，可自己都几年没读书了，还能考上吗？高中毕业后能干什么呢，难道又回家卖豆腐？自己如果上高中，那谁来卖豆腐？二姐都已订婚，快要出嫁了，总不能让小弟去卖豆腐吧！二弟读高中，那是因为家里还有人干活儿，学点儿文化总有好处，将来好学门修收音机抑或是修手表什么的手艺，都应该比卖豆腐强。如果老天开眼，弟弟能上大学该有多好呀，就当个地主医生，也挺好的，也可以治病救人，可是，大学都十年不让考了……想着、想着就睡着了。

十七

转日下午，田真卖完豆腐，饥肠辘辘地回到家里。他提起茶壶，正对着壶嘴，咕咚咕咚大口喝水，就听到隔壁的常天龙又拍着柜台，大声嚷着："上高中又能咋样？地主能参军能上大学吗？还不是照旧卖豆腐！"他心里腾起一股怒火，将茶壶往桌上一蹾，要抢起扁担，却被父亲死死摁住。

一个多月后。他卖豆腐回来，经过卫生院门口时，颜亦水正向他招手。她手里拿着一张《解放日报》，悄悄地告诉他："报纸上都说了，恢复高考啦！"这个消息像颗重磅炸弹，他急切地问："地主让不？""你爷爷是地主，你又不是地主。高中都让上了，大学应该也可以。"她笑着回答。田真心想，从来没人不把我当成地主，地主与地主孙子还可以区分对待？心中便涌上一阵暖流。

那年冬天，高考还真的开考了。供销社里议论最多的是高考，说有的人都已经是两个孩子的妈了还高考，还说有的初中都没毕业也去凑热闹，也有的说，这些都是当炮灰的，都十年没考了，大家挤在一起考，比登天还难……更令人难以置信的是，就在这次比登天还难的高考中，附近村的一个放鸭娃还真的考上了北京交通大学，成了供销社里的爆炸性新闻。张站长牵丝攀藤地说："那放鸭娃是我表婶的亲戚。"农机员说："这娃在田里看书看忘了，丢了不少鸭子，还是我帮忙把鸭子赶回来的。这娃一看就是块读书的料，我早就料到准能考上大学。"他俩都想跟放鸭娃扯上一点儿关系，确信这位考上大学的放鸭娃将来能当上大官。常天龙哼了一声，觑了他俩一眼，啐道："几个月前，谁晓得会恢复高考？吹牛吹上天了！"路寮里，更有离奇的胡聊海吹，说是高考试卷中，刚好考到一道很难的题目，是关于数鸭子的，一群鸭子是很难数清的，因为鸭子都长得一个样，不像公鸡那样好辨认。

"如果高考题目是做豆腐就好了。"田真自言自语。他正带着小弟往山里走，小弟刚上初中，才十一岁，周末跟他学着卖豆腐。那天，是田真终生难忘的日子，他俩走累了，坐在一块大石头上歇脚，小弟突然说："大哥，还是我来卖豆腐吧，你去上学。"他登时错愕了，半天才反应过来，转过脸避开小弟的目光，极力抑制自己的情绪，对着雄浑邈远的大山，说："你还小，应该去上学，哥都好几年没拿书了。""我都想了好几天了，你读书好，应该让你来上学，姐姐们还不是小学刚毕业就开始卖豆腐了？"他再也无法抑制情绪，转身抱着小弟痛哭："哥是很想读书，可家里总得有人干活儿呀，做哥的怎么能把担子压在小弟肩上，而让自己去读书……"

泪水扑簌扑簌地洒下来，落在他相依为命的小弟脸上，小弟可是全家最疼的人啊！母亲做红薯汤时，常会抓半把米放在小碗里，然后在铁镬边缘快速把小碗倒扣在铁镬壁上，让小碗顺着镬壁溜到镬底，等煮熟后，再用饭桨把小碗小心地捞上来，小弟就能吃上这碗带着红薯香甜的米饭。每次他都很想吃，可他从来不认为母亲偏心，觉得小弟还小，吃好点儿是应该的。如果有幸去亲戚家吃喜酒，他总会把东坡肉、花蚶、鳗鱼干、炸羊尾等攒过来，放在前面舍不得吃——他心里能想象得到，此刻小弟正在门口踮起脚尖，像小鸟盼老鸟回巢似的盼望着他带来的美食——除了那块东坡肉，那块够母亲炒十天菜的东坡肉。而如今，他怎么舍得去剥夺小弟的学习机会？那可是自己一直要保护的弟弟啊！保护弟弟那是人类的本能，如今小弟却反过来保护他！他从小学会了坚强，很少哭出声来，这次却哭得稀里哗啦，他心里有太多的憋屈与苦难，都想倾泻出来。小弟也声泪俱下，啜泣不止，哥儿俩哭成泪人。几十年后的今天，一念及此，心中一痛，他就会问自己，怎么忍心让十一岁的小弟弟同父母一起养着两个哥哥去读书？尽管当时他只有十五岁，也只是个孩子。

当天晚上，在小弟的坚持下，全家最后决定下来，田真到乡中插班，接着读初三。那时，初中从二年制变成了三年制。

小爷爷很快得知田真复读的消息。正月里，特地送来宝贝。小爷爷是骑自行车来的，车头挂着一个黑色的包。他已当上副厂长，自行车是向厂里借的，那时自行车虽然不多，但已经不是稀罕物品了。小爷爷送来一套《数理化自学丛书》，是在上海出差时，排了一整夜的队才抢到的，是非常难得的书，很多人认为只要买到这套书就能考上大学呢。小爷爷还对田真说："当年，我是被押上军舰去了台湾，后来跟同学一起混进台湾基隆港的温州商船，走私台湾红糖的。你爷爷的弟弟叫田小宝，在日本投降时就去了台湾，在台湾已待了几年，对基隆港很熟悉，他常在港口执勤，有时故意放走温州老乡的走私船。当时我俩被田小宝查到了，虽然只是没拿过枪的国防医学院学员，但毕竟是军人，军人逃跑是可以枪毙的。后来，田小宝念在同乡的分上，就放过我俩，还护送出港。中华人民共和国成立后，我的艰难求学经历你们应该都听说过。现在政策好了，你们应该努力学习，做个对社会有用的人。"田真立在门口，目送小爷爷骑着自行车远去的背影，常天龙正倚在门旁一片茫然，他无法接受一个地主骑上自行车的事实，他狠狠地踹了一脚身旁的自行车。

　　田真家有一套《数理化自学丛书》的消息传开。路寮里有人说："听说这套书连供销社的常天龙都没门路，保准是他小爷爷在中华人民共和国成立前留下的，能考上三个大学的人肯定有奇门遁甲之术，前几年抄家时怎么没查到？他家老二能考上县中没什么稀奇的，猪看过这套书也能考上大学，何况只考个县中。"颜亦水也从报纸上得知这套神秘的书，上海人为这套书全家出动，排了一整夜队还不一定能买上。她去找田真借过几回书。这套书分很多册，田真与二弟分着看，本来不会借给任何人，她却不一样，她是少有的不鄙视他的人，也是她第一时间告诉他恢复高考的消息。她借书不是自己看，而是把它抄下来寄给弟弟。她心里这样打算："弟弟年前如果当不上副排长，就得退伍回来，让常天龙帮忙找工作是没指望了，只能高考。好在弟弟读书本来就好，虽然这高考也太难了，但多考几年，准会考上。"

那年夏天，田真没有辜负小爷爷的期许，在老师们的悉心培养下，又得益于这套书，还真的考出了优异成绩。他数理化都考了满分，语文政治也很棒，但英语只考了17分，还是瞎猜的。按当年招生政策，县中共招四个班，在城关招两个班，在各乡镇招两个班，因而各乡镇能考上县中的，都是非常拔尖的学生。田真虽然远超县中录取分数线，但英语没达到50分的最低要求，还是被县中拒之门外。对此他有些失望，又奈何不得。颜亦水来借书时，也替他惋惜，又疏解他说："比城里人都高出一百多分了，还不让读，有点儿不讲理了！英语怎么了，乡下连个正式英语老师都没有，叫学生怎么考？你不妨去县里问问看，能不能通融一下。"被她的话一提醒，他当日还真的去教育局问了。教育局对他的乡中情况很清楚，英语教学确实不正常，一年当中，换了三个代课老师，没上过几堂像样的课，但不能算是完全没老师，从原则上讲，很难予以通融，从情理上又让他们于心不忍，便说："你让校长给开个证明，证明没有英语老师。"他回到乡中找到王校长。王校长身材瘦小，才四十出头，看上去却像是有五十多的样子，他显然是理解了领导的意思，这个责任得由他来扛着。从感情角度，王校长就更爱惜自己的学生了，他二话不说，三下五除二就写好证明，又从抽屉里拿出印章，给印章哈上两口气后，右手持着印章柄，左手叠压在右手背上，抬起左腿，踮起右足，将全身重量加在印章上，之后又左右摇摆两下印章，才将印章揭开来，证明上就有了个淡淡的红色盖章。当时，他不知道校长是找不到印泥，还是图个方便。多年以后，他仍然清晰地记得，王校长盖章时，龇着牙，身体几乎是悬空的，仿佛是把身家性命都搭上去了。多年以后，回首往事，他觉得冥冥之中，有很多好心人在帮他。

常天龙对地主家孩子被允许上县中，不像上次那样耿耿于怀。只是，他也认为这套书太神奇了，只要学了这套书，其他的都可以不学。因为，连他的收音机都在说："学好数理化，走遍天下都不怕。"当时，这句话全国人民都信着呢。

颜亦水收到弟弟来信，说用不着寄《数理化自学丛书》手抄本，他刚被提干升为副排长。提干就意味着已经是国家干部，留在部队再干上几年，到时转业到地方也是个吃商品粮的干部。她反复看着信上的每一行字，泪水洇在信纸上，心里想，从十六岁（实际上只有十四岁）开始参加工作的七年来，为家庭的付出到底值不值？自己算不算是个懂事的孩子？如果自己换成母亲的角度，肯定不会让女儿这么做，因为母亲总是爱着女儿的；但从自己的角度，她情愿为家庭付出，因为自己深爱着家人。其实，"懂事"还真的说不清楚，有时做错了事，反而被视为懂事，有几回，她故意少收困难病人的注射费，被康院长发现后没挨批评，还夸她真懂事。只是，自己为这个懂事付出的代价实在太大了，前几回，有人给介绍对象，都是因为对方打听到乌篷船的事，就没了下文。

第五章

十八

　　她把书还给了田真。田真与父亲干完地里的农活儿后，就跟二弟去了县中。几个星期下来，他发现县中的同学个个都是各乡镇的尖子生，他的数理化优势并不明显。第一次小考，他成了全班倒数第一，特别是英语，课堂上一句话都听不懂，那老师上课，居然不说中文，还听说是北大西语系毕业的。他不明白一个北大毕业生，怎么会被分配到小县城里教书。他去找英语老师，老师办公室里有很多外文书，有些看起来不像是英文书，从老师的翻译手稿来判断，手稿旁边的两本，是长篇小说《学生托乐思的迷惘》的德文与英文两种版本。他向老师说明自己的情况，希望不要全英文上课。老师却只让他多背课文，说背多了自然就会，是最有效的学习方式。对他来说，整本课本几乎都是生词，别说背一课，就背上一小段都很难。他每天凌晨三点起床，在厕所昏黄的灯光下背英语，其他的功课也咬着牙不敢放松。半个学期下来，英语才背了三课，他真没想到，读书竟比卖豆腐还要累。

　　还有件事他也万万没想到，自家做了那么多年的豆腐，却一辈子都忘不了县中食堂里的两分钱豆腐。县中食堂情况是这样的，学生们自己拿铝饭盒去蒸饭，也允许拿搪瓷杯蒸下饭菜，早餐时食堂有卖油条、豆腐，中、晚餐有炒小菜。哥儿俩从家里带来黄豆下饭，每餐都吃黄豆让人吃得心烦。油条小菜要五分钱，豆腐两分钱，哥儿俩只买得起两分钱的豆腐，可豆腐只有早餐才有卖，因而哥儿俩有时会买两份，留着一份中午吃。其实一份豆腐也没多少，才四小块，还没豆腐乳大，哥儿俩只能省着吃。食堂师傅中有个梅龙人，是大地主梅毓秀的小儿子。关于梅毓秀，田真知之甚少，以前只听父亲说过，是育婴堂出资人之一，父亲年幼时曾在育婴堂隔壁的私塾里上过学，梅毓秀也是私塾主要创办人，偶尔也当私塾先生。大家都说，梅毓秀因中华人民共和国成立前曾帮助过地下党，中华人民共和国成立后才安排了个教书的工作。至于他退休让小儿子顶职，当上了县中食堂师傅，田真还是来县中之后才听说的。这位师傅怜悯贫困学生，知道打两份豆腐的学生其实是最穷的，就趁没人注意时多给一小块。刚开始，田真还以为师傅只可怜他哥儿俩（曾褊狭地认为同是天涯沦落人），后来他发现，师傅对其他穷学生亦然。后来的几十年里他常常会想起那个师傅，可一直没机会对他说声"谢谢"，好人啊！虽说县中的学习生活很艰难，但这个学期也总算是熬过来了。

寒假，年关将至。对于贫寒人家来说，任何精打细算都经不起年关的蔑视。年底要预制很多豆腐，需要买不少黄豆；也需要买粳米做粿过年。粿要在冬至前后做好，晾上几天后浸泡在水缸里才不易变坏，如用立春后的水浸粿，就存不到清明。

不存些粿，很难熬到立夏收大麦的时候（那时冬季还种麦子，小麦比大麦好，但为了能提早半个月接得上口粮，人们多会掺种一些大麦），所以无论如何都要挤点儿粳米出来，为明年做好打算。今年，别说做身衣裳，买双新鞋过年，就连籴黄豆、粳米，这笔钱还没着落呢。前些日子，家里少了两个劳力，还得供哥儿俩上学，本来到年底才卖的猪，撑不到中秋节就贱卖了。

今天，父亲阴着脸，让田真挑着箩筐一起赶集。父亲拿着装黄豆的空麻袋，胳肢窝夹着用报纸包裹着的东西，低头看着石板路，隔着近二丈距离走在田真后面，像是把田真当成一头小牛往前赶。到了梅龙镇米行，父亲让他先等着，自己拐了个弯走进西街。他好奇地尾随，见父亲站在旧衣交易店的柜台前，拿出报纸里的一件毛衣。啊，那是母亲的毛衣！他两眼一湿，心弦辛酸地颤动，转身离开，不忍心再看到接下来的情景。他知道那是全家唯一的毛衣，是父亲攒了三年钱才买给母亲的结婚礼物。此时的田真，已经能够理解男人的种种无奈，卖儿卖女的无奈，将妻子典给别人的无奈，变卖妻子结婚礼物的无奈……为何总让孩子、女人遭罪？男人应该是顶天立地的，宁愿自己流血流汗也要保护妻儿啊！一阵子悲恸过后，他又聊以慰藉地想，父母还有什么更好的选择？也许，母亲并不为卖掉毛衣而难过，相反，她感到幸福，因为她看到了希望，有比希望更珍贵的毛衣吗？寒风飕飕地灌进脖子，也吹干了他的泪水，脸庞紧绷绷的。他等了许久，父亲才回来，才籴来黄豆、粳米。父子俩一路回来，没说一句话。田真心里想着：才三十斤粳米做粿，怎么能够熬到清明？看来不光做"糖糕"，还得做"豆腐渣粿"了。"糖糕"原本是在年糕里加了红糖，故名，但穷人家在年糕里掺了红薯，颜色亦呈糖色，仍可美其名曰"糖糕"；"豆腐渣粿"则是把喂猪的豆腐渣掺在粿里，实乃无奈之举。

第二个学期开学时，同学们发现田真带来的年糕中有"糖糕""豆腐渣粿"，城里的同学还觉得新鲜，提出交换几块，他们竟说好吃。田真想，别说豆腐渣，就连红薯也说不上喜欢，一年到头离不开红薯，哪怕是端午节的粽子都掺了红薯，掺红薯也罢，总有点儿甜味，可有的粽子还掺了"株株升"。"株株升"是一种高产的野生竹豆，说是一株能采收到一升而得名，但野生竹豆可不像红豆易煮烂，它耐嚼乏味，只有白鹿庵的尼姑和贫穷人家，才会用来包粽子。想到这里，他忍不住跟他们说："你们城里人过惯了衣食无忧的日子，反而觉得这些好吃。是啊，肚饱的怎晓得肚饿的镂漏！"

梅雨已落了半个来月，栀子花浓郁的香味盖过了猪屎味。农历四月廿八，正是赶集的日子，翟善生趁着天黑闪进田家后门。他给田家送来"株株升"、粽箬和红薯秧。田勤俭接过红薯秧，欣慰地说："前两天已掘好了地，就等着你的红薯秧。"翟善生说："知道你心急，芒种一过，便错了农时，就像人错过了光阴。"田招弟打了一碗豆浆，说："哥，年年让你送粽箬，家里正等着扼粽子呢。"粽箬就是竹叶，这种竹叶极大，两张叶子就能包得住拳头大的粽子，但这种竹子很矮小，不到一人高，只生长在大山深处的树林下，为了争取到足够的阳光，便进化出超大的叶子。附近山上不出粽箬，只能在赶集时买，与其说田招弟舍不得花钱买粽箬，不如说她更期待着翟善生给她送"株株升"扠粽子。翟善生正想坐下来喝豆浆，田招弟却慌张地叫道："等等，别坐书上！"翟善生把凳上的书本放到桌上，屁股才慢慢地坐下来，讪讪地问："这是啥书，比人还金贵？"她笑着说："田真读的英文书，是教人学说外国话的书！"翟善生吃惊地说："这孩子聪明又懂事，还能说外国话，可别让卖豆腐错了光阴。"田勤俭说："老二就学不了外国话，老大也好不到哪里去，正在苦攻呢，不晓得兄弟俩还能念出个什么名堂。"他们聊了一会儿家常，翟善生喝完豆浆，看天色泛起微光，便起身告辞。

连雨不知春去，一晴方觉夏深。端午一过，烈日驱走梅雨的阴湿，气温如同灶膛舐出的火舌蹿得老高。等到同学们吃过田真带来的两挈竹豆粽子时，二弟也快高考了。学校里正在赶建学生宿舍，田真经过工地时，不小心磕伤了小腿，起先只是瘀青，拖了十来天，小腿就红肿得厉害，走不了了。二弟背他上县医院，是晚自修时去看的急诊。医生说这脓肿用不着打麻药，只见手术刀在他小腿上轻轻一划，脓液便喷涌而出，放出一腰子盘的脓血。接着医生用钳子夹着一块纱布，往创口内捅几下，原来里面已烂成了大窟窿，这下他才感到剜心地痛。最后医生往创口内填塞一块黄色的纱布，外面再垫上厚厚的纱布，边包扎边说，再晚来两天，这腿就要截了！回来的路上，二弟背累了，在一家店门口停下来喘气。他看到店里正摆着麻心饼，便感到很饿，心想，二弟背了这么长的路，应该也饿了，真想买一个麻心饼跟二弟分着吃，可是，二角钱的饼，怎能买得起啊！那晚，他在床上默默地流泪。转日，他请假回家，因为每天得打针换药，二弟实在没时间背他。

十九

　　回家后，每天都得去卫生院，他喜欢找颜亦水打针换药。其原因有两点：首先，她会先在他的创口上倒点儿双氧水，让他先等上一会儿，等她把别的事忙完了，再回头来换药。她额外增加的双氧水，既可以杀菌消毒，又有神奇的效果——它产生的大量气泡像烧开的豆浆，会潜出来，可以松动粘在创口上的黄纱条，拉出来时一点儿都不会疼。其次，是打青霉素针（那时青霉素早已不需凭票供应，好像就在那一年，像肥皂票、香烟票、火柴票、糖票、肉票、布票等，什么乱七八糟的票，已渐渐地退隐江湖，唯粮票尚可笑傲江湖），在她的柔声细语中，不知不觉地，青霉素就在她的针管里遁走。他每次都不会主动打招呼，似乎尴尬的表情本身就是个问候，因为此时他已长得很高，不知道管她叫阿姨还是姐姐，所以都是她先开的口，说的都是学习上的事。她的声音也有一种神奇的效果，常让他恍惚着，就像小时候被母亲抱着哄睡时，陶醉在母亲怀里的那种晕晕的感觉。每天换药，他只能用一只脚跳着走路，累了就坐在路寮里或桥栏杆上歇一会儿，再接着跳回家。一次，经过供销社门口时，常天龙见他狼狈寒碜的样子，就讥讽道："哟，还没上战场呢，怎么就先挂彩啦！"他没搭理人家的揶揄嘲弄。进屋后，听到隔壁正在谈论前线的战事。断断续续听到常天龙说："颜亦水的弟弟，本来去年可以退伍，提干就回不来了，肯定会上战场……"

次日，他去打针换药，沉默了很久，最后才用低沉的声音问："弟弟去打仗了？"她先是一惊，点点头，又赶紧摇头。弟弟来信是说过申请上战场，可没批下来，后来就没收到弟弟的来信，她并不知道弟弟是否上了前线。之后，他俩都不说话，空气像是凝固了。她觉得他关心起她的事，心里暖暖的，却又被问得忐忑不安。后来打针换药的时候，他俩都很少说话，似乎双方一开口都必须是这个话题，只好选择不说话，来回避这个敏感的话题。待到二弟高考结束回家时，他已把这个学期的最后一个月光阴都填进腿上那个窟窿里，好在这条腿终于可以走路了。

夏收夏种，总是一年当中最忙的时候，哥儿俩白天干活儿，夜里继续学习。二弟因为英语差，才报考中专，中专不考英语，即使不考英语也能猜到考不上，因为全县考上大学、中专的，加起来也才寥寥几十人，鲜有初出茅庐便一鸣惊人的。放榜当天，常天龙赶在田真兄弟俩之前去看了红榜，找了三遍都没找到二弟的名字，才欣慰地骑着自行车回到供销社，他还没来得及把自行车脚撑打下来，就迫不及待地向大家传达了这个消息。傍晚，路寮里滚动转播着这个新闻，他们对地主想吃猪肝这样的谈资早已觉得寡淡无味，太需要新的素材了。

　　夏粮收割之后，二弟提前去县城上高考复读班。夏种之后，快开学时，田真听到供销社里传来一个令人震惊的消息——卫生院颜亦水的弟弟颜亦金牺牲了！他们议论纷纷，有人说是在前线被枪击中的，有人说是一场意外事故，还有人说是为救战友而牺牲的；张站长甚至说："当年他参军就不寻常，别说他家就他一根独苗，就凭他的家庭出身，也轮不到他参军，肯定有靠山。"——"有靠山也犯不着一定要提干呀？"农机员插话质疑，"不提干直接退伍，也有好工作嘛。"——"所以，"张站长瞟了一眼常天龙，接着说，"我正觉得蹊跷……"众说纷纭，莫衷一是。常天龙不置可否，随着留声机响起，他闭上眼睛，摇头晃脑，陶醉在《智斗》之中。

　　田真特地跑到卫生院找她。康院长说，她家出大事了，已批准她请假。此刻，她正躺在床上，已两天不吃饭了。尽管她明白，军人保家卫国乃是天职，总得有人为国家利益牺牲自己，但具体落到她自己身上，心就在滴血。她恨自己为什么让弟弟去参军，为什么非要鼓励他争取提干；她也恨父亲，世上的手艺千百种，非要当个装神弄鬼的阴阳先生，倘若是贫下中农，弟弟很可能成为天之骄子的飞行员了；当然，她更恨常天龙，这个流氓，不对，真正的流氓至少不会装君子，是变态！这个变态不啻让她毁了清白，还搭上了弟弟的命……

　　田真从卫生院回来，两眼呆滞，半天不说话，郁悒得把自己关在房间里。母亲看出他的心事，劝慰道："人死不能复生，为死去的人难过，还不如关照死者所牵挂的人；但首先你自己要有那种能耐，所以，学习才是最要紧的，你得抓紧去学校。"

　　回校前，他又去卫生院张望，还是没见着，又不好意思再开口问，便悻悻然无功而返。这个学期，荷花姑妈带儿子来住过一段时间，因为二姐快要出嫁，豆腐担子已拴不住她的心，家里正缺人手。姑妈其实挺能干的，只是忌于寡妇身份，连碰都不敢碰二姐的嫁妆。田真很少回家，一回到家里，他总是不由自主地向卫生院张望，总见不到她的身影。他很想去问问康院长，可又找不到借口。有一次，他发现表弟的脚底也皲裂流血，便要拉表弟去卫生院看看，表弟却说穿草鞋的山里人没那么金贵，死活不给他机会。在寒假期间，全家赶制好年前要预制的豆腐后，匆匆把二姐也嫁了。这往后啊，全家的豆腐担子，只能落在小弟肩上了。

　　过完年，田真哥儿俩提早去学校，他俩要为高考冲刺。去车站的路上，只见她的平底胶鞋紧贴着石板路，风一般迎面飘来，她剪成了短发，差点儿没认出来。他们只是相互看了一眼，带着说不清的惆怅，算是打过招呼地擦肩而过。他觉得有一种想帮又帮不上的无奈，心里有句想说又说不出的话。

　　供销社里又有人提起颜亦水，说她剪成了短发，神情漠然，看起来很像白鹿庵里的尼姑。常天龙用自己那尖细的食指擦了一下啜起的鼻子，冷冷地哼了一声。留声机又响起了《智斗》，歌声却不如以前那般悦耳，没人喝彩叫好，没人跟着哼唱，也没人给常天龙捧哏，就连他自己也只是晃几下脑袋，很少唱出声来了。

　　几个月后，全乡（之前，民间对公社、生产大队叫法随意，很多人改不了口。此时，官方已恢复到原来的名称，村里也实行分田包产到户）炸开了锅——田真兄弟俩都考上了！放榜当天，供销社里倒很平静，常天龙一早出去就没回来过，也许这消息他知道得比谁都早。田勤俭坐在路寮里，人们毕恭毕敬地向他道喜，不喊地主也不喊他名字，改喊老田了，似乎他有两个当了大官的儿子。他活了大半辈子，也没受过如此待遇，好比一下子从奴隶变成了将军。他不敢妄想儿子能当上什么大官，也不知道考上了到底还有哪些好处，但他相信，录取类同于采宝客的取宝，被取走的人都是脑袋瓜好使的人。进而他更愿意相信，既然儿子是自己生的，自己的脑袋瓜应该也不会笨！这点让他尤为受用。

但是，还没高兴几天呢，常天龙就在供销社里宣布，田家俩儿子只能上一个，好事不能都让田家给占了。其实，田真也才刚刚知道，他体检通不过，被查出得了结核性胸膜炎，只是他还不知道如何向父母开口。

田真得了胸膜炎后，不能上高考复读班，只能待在家里养病。一天，兄弟俩拿着二弟的录取通知书去粮管所办理户口迁出手续。粮管所的房子气势恢宏，檩栳门窗，飞檐连栋，雕砖画壁。精巧的雕花斗拱上镶嵌着琉璃，让他想起《阿房宫赋》中的"廊腰缦回，檐牙高啄；各抱地势，钩心斗角"，是的，这榫卯斗拱真是精巧交错，用尽心思，可谓钩心斗角。此刻，他并不知道还有人为他兄弟俩的高考，钩心斗角，煞费周章，用尽心机。他听说过，这大宅原来是那个县中食堂师傅家的老宅。他想不明白，当年大地主梅毓秀干吗要造这么大的房子，光打扫一遍就累死人，房子里又长不出庄稼，不像水田可以租给别人收田租，他没听说过还有收房租的大地主，难道大宅只用来撑门面、满足富人的虚荣心么？当兄弟俩转到粮管所食堂时，竟发现饭桌上摆着二十多碗热气腾腾的绿豆汤！田真咽了一下口水，心想，这些工作同志过得可真滋润啊，种田的农民连饭都吃不饱，收粮的人倒先喝上了免费的绿豆汤！啥时候我们农民也能喝上免费的绿豆汤呢？粮食部门总会定期翻仓清仓，一些储存时间过长的绿豆、黄豆会被处理。田真见过，有同村的豆腐人家，通过关系买到这种不到市场半价的黄豆，因而他猜到这绿豆汤肯定是一种近水楼台先得月的福利。想着、想着，他又咽了一下口水。当然，兄弟俩不是来参观的，是在等还没回来的同志。前几年，只要农民找不到办事的同志，就会被告知同志开会去了，同志的会议可真多呀！

兄弟俩等了许久，终于等到"开会"刚刚回来的同志。同志坐下来，刚拿起蘸笔，准备往墨水瓶里蘸墨水，田真就递上资料。

同志说："先交七十二斤全国粮票。"

田真说："为什么？"

同志说："农业户口变成城市居民户口时，与接收单位交接存在着时间差，都得补交粮票。"

田真问："全家都是农业户口，上哪儿找粮票？"

同志说："黑市上买去。"

田真问："买卖粮票属犯法。"

同志说："那去借。"

田真问："借了，还不是要还吗？"

同志说："拿米去换……唉！——同志又拿蘸笔，往墨水瓶里蘸墨水，似乎蘸笔是掩饰尴尬的一种必备道具，接着又说——你这人，是怎么考上的？"

同志对眼前这位即将成为同志的学生显然已给足了耐心与尊重（他误以为是田真考上），没把他当农民。

二弟考上的是粮食中等专科学校，属于中专。其实，那时的中专也非常难考，后来省、市级国有银行的一把手当中，有不少人就是那时的中专生，是名副其实的高才生。二弟之所以选择粮食学校，是认为像常天龙这些掌握了国家物资供给权力的人很吃香，能过上优渥的生活。这也正是让常天龙非常忌恨的原因，他已想到，这些拥有文凭的高才生，今后可能会抢走他的饭碗，甚至凌驾于他之上。但是，他们都错了，一个崭新的时代如洪流滚滚而来，前后不到两年的时间里，发生翻天覆地的变化，农村已实行分田包产到户，除了粮票，几乎没有凭票购买的东西。猪肉、猪肝可随便买了，就连可以为一桩婚姻定性的布票也没人在乎；路上出现各种品牌的自行车，虽然数量还不是很多，但颜色款式繁多；有人一手扶着自行车手把，一手提着新买的电风扇在供销社门口向常天龙炫耀……对常天龙打击最大的是，那年春节前，石板路上有人提着录音机，放着邓丽君的流行歌曲；还有农机员向他展示的手表——那只仅用一枚银圆换来的，带日历、夜光的防水手表。曾经让他傲视全乡的优越感，不曾向他轻轻挥手，就轻轻地走了，他对他的留声机和上海牌手表感到相形见绌、自愧弗如，预感到他龌龊不堪纪的美好年华，很快要寿终正寝。

当然，二弟选择粮食学校也只是一时的心血来潮，人生的道路上有很多十字路口，谁知道接下来的路该怎么走呢？路寮里的闲人并不关心什么专业，他们只对田真的落榜念兹在兹。有人说，有好心人替他俩算了命，说兄弟俩前世是两条跳龙门的鲤鱼，两条鲤鱼各自跳是无论如何都跳不过龙门的，所以，大鲤鱼在半空中用自己的尾巴把小鲤鱼甩进了龙门，来了个空中接力，落得自己摔了个遍体鳞伤。也另有版本，说是被常天龙下了黑手——常天龙曾当众说过："神气什么，后面还有体检政审呢，即使考上了，也有可能被贬回来卖豆腐！"田真并不在乎他们说什么，也犯不上跟他们计较，他得先把自己的病治好。

自得病以来，母亲就不让他帮忙做豆腐。他每天吃抗结核药雷米封，还要去卫生院打链霉素针（他庆幸自己没变成哑巴，这种药会带来副作用）。一个多月的屁股针打下来，不仅把屁股打成了毫无知觉的磨盘，也把脸皮打厚了。他不觉羞耻地接受颜亦水送他的两瓶雷米封。她说："父亲患肺结核多年，药是免费领的，没吃完，都快过期了。"说完，觉得送过期药会让人误解，又接着说："你可以放心吃，过期药品其实还是有效果的。康院长都舍不得丢弃已经过期的药品，他们家都吃过期药，也没见有啥事儿，偶尔还会送给相熟的病人。"田真不再像去年换药时那样，很少主动开口说话，会主动问她一些如"饭吃了吗？""回来了？""啥时候回来？"等看似不咸不淡又似关心的话。在他看来，他俩都是不幸的人，但自己的不幸落榜同她失去弟弟相比，显得不足挂齿、微不足道。

他觉得自己应该主动问候一下，也是一个男人应有的风度，更何况，是她第一时间告诉他恢复高考的消息。她为什么要告诉他呢？也许是她觉得他应该去上学而不是卖豆腐，但他可以肯定，她没有鄙视过他，甚至认为地主的孙子也可以读高中上大学，这点让他尤为感动，有一种惺惺相惜的感觉。

而于她而言，自从弟弟牺牲以后，她一直生活在自责中，她不想同别人说话，是怕别人的关心像无意中触摸到轻触开关一样，突然又唤起她刻骨铭心的痛，而他却懂得从不去碰这个开关，让她觉得释然；他的不幸也让她惋惜，她觉得读书是件很幸福的事，她羡慕读书人，也希望从交往中分享到学习的快乐。基于他们这些原因，他俩之间的交流便日益加深。有一次，他说起他们班级有个女同学，人家给她起了个"根号二"的绰号。她像不忍被愚弄地问："啥意思哩？"他说："等于1.414，很矮嘛！"逗得她抿嘴一笑，可能是她在那段时间里唯一的笑。还有一次，她好奇地问："高中很难学吗？你那套《数理化自学丛书》上面的很多东西，我都看不懂。"他抬头看了她一眼，又低头说："其实不难，慢慢地，都能弄懂，只是英语有点儿难，老师只让背课文，我才背了高一的半本英语书。"她注视着他深邃澄澈的眸子，坚定地说："人家是北大毕业的老师，说话一定有道理，你应该继续背下去，总会学好的。"他又抬起头，用忧郁的眼神看着她，说："不知这病啥时才能治好，要不然，考上了还是白考。"说完，他又说了一句："老师还说过，往后英语大有用武之地，你也可以学嘛。"从那天开始，她还真的买了个收录机和英语录音磁带，学起英语来。

她想借学习打发时间，没准什么时候还真的能派上用场，又想拿自己学英语的勇气鼓励他，觉得像他这样天赋异禀的人，实属凤毛麟角，不读书实在太可惜了。

颜亦水刚开始学英语时，碰到不少困难。田真倒反过来，很想鼓励她。他把那篇古文《瓯人钓阑胡》小作文工工整整地抄下来，准备给她看，却放在兜里几天也拿不出手。有一天，他终于鼓起勇气像递情书似的塞给她，背书似的说："老师也说了，做任何事情都不能浅尝辄止，要心无旁骛，持之以恒才能做好，英语亦然。"说完，他的脸绯红，觉得可能是这段古文念多了，竟说出"英语亦然"这种话，阴阳怪气的。她看完这段短文，沉默了一会儿，笃信地说："我会像珍藏弟弟的信一样珍藏这篇文章，让它一直激励着我努力学习！"从某种意义上说，那天是他俩文字交流的开端。田真回来时，如释重负，走路也变得轻快。常天龙委顿地倚在门边，心里有种酸酸的味道。从颜亦金牺牲，到田真落榜，从颜亦水找田真借书，到田真天天往卫生院里跑，在常天龙看来，是他俩在相互舔着伤口，甚至是秀着恩爱。他看在眼里，恨在心里。他忌恨地说："都得痨病了，还屁颠屁颠的！"

二十

从田真在家养病的那一年起，社会变化真的是日新月异，别说像颜亦水这样有工作的人能买得起收录机，就连田真家也买了一辆自行车。农副产品价格好像都在涨，工业产品价格都在跌，大家都在买买买，而且钱也好像比以前好挣多了。田真家的横财从哪里来的呢？他们家不光卖豆腐了。柳河镇那边不仅有人做起电器产品，还办起不少专业养猪场，养猪场需要大量的豆腐渣，田真家就悄悄地做起豆腐渣生意。他家不像其他村民那样，把自家多余的豆腐渣卖给来收购的柳河人，而是到双雁镇以更低的价格趸来豆腐渣再转手卖出。常天龙曾跑到打击走私办公室举报过，说这属于投机倒把。然而，打击走私办公室的同志检查发现，酸臭得令人作呕的豆腐渣算不上粮食，就懒得去管。有些村民也效仿着做起豆腐渣生意。常天龙望着满载豆腐渣的船只，一只接一只的，从白鹿桥下随着邓丽君《甜蜜蜜》的歌声悠悠穿过，觉得整个白鹿村都是罪恶的渊薮，而始作俑者正是地主。他想起当年老雷的话："地主带坏了全村人！"愤怒地转身去启开留声机，欲以样板戏那高亢的歌声，来淹没弄得他心烦意乱的《甜蜜蜜》。田真似乎注定要得罪常天龙，他天天唱着《甜蜜蜜》，帮忙做豆腐渣生意，此举已经让常天龙够"心烦"了，而他还因为"痨病"天天找颜亦水打针，这德行像运动中提着糨糊的小跟班，则更让常天龙"意乱"了。

田真打针吃药大半年过去了，今天又要去县医院复查。看病的是内科主任，也是上次高考体检的主检医生，他看了胸片后说："胸膜还是增厚，跟之前的片子一个样，没有任何改变，说明这病在一年前早就自愈了，用不着再吃药打针。去年体检时，有人提出增厚的胸膜不符合高考体检标准，我也爱莫能助。"田真急切地问："啥时增厚的胸膜能恢复？"内科主任摇头说："说不定，看样子一辈子都吸收不了，就像个伤疤，永远地留着。"田真拖着沉重的双腿走出医院，脑子里一片空白，他不敢去想这种残酷的现实，无法接受自己因此就没了读书的命。回家后，他瓮声瓮气地告诉父母复查情况，决定不再复读，但他不想重新挑起豆腐担子，觉得这样太丢人了，想做别的生意。他并不是不想读书，而是被逼无奈，但就这样乖乖地接受命运的安排，去做自己并不喜欢的事，又觉得非常憋屈。他心里积满怒火，想找个发泄怒火的地方。

转日，他先去卫生院，告诉颜亦水不读书的原因，谢谢她给他打了那么多冤枉的屁股针。接着他去村楼那边，要回他爷爷的那个红木相框。他跟村支书（生产队长已当上村支书）说："去买个新的，这相框太旧不合适，我拿回去了。"村支书眼珠子都快要掉下来似的，张着嘴巴半天说不出话来，不敢相信眼前发生的事是真的，这个黄毛小子，居然挑战他的权威。他试图重整威严气势，但这个血脉偾张的莽撞小子，双眼射出的怒火让他犯怵，他唔唔磕磕地说："我……我正想……明……明朝赶集，买……买个新的。"最后，田真抢着锄头，来到自家茅坑前，把麻子光棍的粪缸咣当咣当砸成碎片。他怒吼着，唾沫横飞，锄头挥舞着，粪水四溅。他以极端的暴戾警告人们，谁敢来阻挡，就把谁连同粪缸一起埋了。人们感到惊骇，是的，他在示威，他在反抗。相框值不了几个钱，但这不属于土改时期被没收的东西，而是公民的私有财产，不能随便拿走；尽管茅坑因化肥的流行，已经变得没啥油水可捞，但这不是钱的问题，如果连个茅坑的脸面都不让留的话，那做人还有什么脸面！路寮里，麻子光棍对此事没说啥，毕竟是理屈词穷；闲人们却说，一个温顺的读书人变成这样，是因为人被逼疯了，也会像狗那样咬人。常天龙在供销社里警告大家："这不是小事，而是对既有社会秩序的挑战。"

没了读书命，田真只能先跟着父亲一起贩卖豆腐渣。双雁镇的客栈是通铺，一个房间里睡上十来个人，房客大多是贩卖鹅、虾皮、鱼干和茶叶的外乡人。房间里，烟味、汗味、蒜味、脚臭味，水乳交融；鼾声、呓语、磨牙、放屁，此起彼伏。但每天只需交上五角钱，还管吃饱肚子，白米饭只让吃一碗，红薯饭随便吃。田真每顿能吃上四大碗，只是红薯吃太多了，放屁又臭又响，但不管怎么说，在那些日子里，他的肚子不受约束，可以尽情享受。那天夜里，梦里还是颜亦水盈盈的笑。他扪心自问，为何梦见一个比自己大好几岁的女人？是否亵渎了她？自己也有龌龊的一面？

豆腐渣倒腾一阵子后，他们发现双雁镇与梅龙镇两地之间的黄豆也有不少差价。黄豆虽说不属于粮食，但想管还是可以管的（其实情况已经改变，不越过县域，已不受打击，他们并不知情），怎么才能躲过打私办的检查呢？父子俩先把黄豆装在小袋里，再把小袋藏进大袋里，四周填充豆腐渣后扎紧，装上架子车，瞒过检查站，拉到离家尚有五里之地的僻静河边，最后趁着夜色，划船运回家。

一趟又一趟，他们打着豆腐渣的幌子贩卖黄豆，小弟有时也撂下豆腐担子，没少参与。一个风大雨大的黑夜，雷电撕天扯地，因水流太急，田真划不动船，他想牵着船头船尾的两条绳子，沿着茅草丛生的河堤，把船拉到事先约定的接应地点。尽管他已懂得力学中分力与合力的道理，但想让一只用于罱河泥的大船乖乖地跟他走，并非易事，不是船头太用力，使船头靠岸无法继续前进，就是船头用力太小，让船叫急流冲走，倒退了上百米。那个雨夜，雨水、汗水、泪水，湿透全身，在一道闪电劈开黑夜的一刹那，他朝那道裂缝嘶喊："天啊，可怜天下人啊！"

拉船时，田真小腿被茅草割开几道。这种茅草像锯齿样锋利，以前在田边薅草时常被割伤。此类皮外伤他从来不当回事，哪怕是磕破了脚趾，就捡根稻草系一下脚趾止血；割伤了手指，也就剥片火柴盒上的磷皮贴一下。但曾经有过在县中读书时碰伤腿后引起严重后果的教训，他说服自己得去卫生院买瓶红药水，加之十几天来，都没见青砖小楼亮灯，他有点儿担心，想去看看，总得给自己找个理由。康院长说，颜亦水父亲吐血了，都已请假半个月还没回来。他回家后，给伤口涂上红药水，托腮思忖着，要不要过去探望一下她父亲？他觉得这样有些唐突，可想想自己在卫生院都麻烦人家大半年了，又收了人家送的药，应该过去探望一下。况且，她是不鄙视他的人，让他惺惺相惜的人。他踌躇了许久，最终，翻出祠橱抽屉里的二十来个鸡蛋，凑上鸡埘里还热的一双，挈着装鸡蛋的竹篮去了。乡下人能拿得出手的东西，也只能是自家的鸡蛋了。

她父亲有肺结核，这次是复发引起大咯血，已经脱离生命危险，只是呼吸稍吃力点儿，正半躺半靠在床头。他去探望时，刚好内科主任在教学查房，一眼就认出他是那个因结核性胸膜炎体检通不过的考生，因为全县每年才几十人考上，体检被打下来的就更少了。内科主任离开病房时，同一群卫校的实习医生半开玩笑地说："结核杆菌还真的跟他们家干上了，这位来探望的亲戚也曾感染过，高考体检时被打下来，怪可惜的。"颜厚德出于职业的习惯，早就借着话缝，对眼前这个小伙子打量一番。颜亦水见父亲若有所思，便解释说："我在乡下工作都好几年了，生活上没少麻烦隔壁的大婶，就认大婶做了干娘，干娘自己来不了，就让干弟来了。"自从弟弟牺牲后，父亲只剩下这个宝贝女儿了，父亲显然对这个解释很满意，紧紧攥着田真的手说："好！好！多实在的小伙子，今后姐弟俩好有个照应。"颜亦水的谎言有点儿替田真解围的意思，田真就欣然接受，频频点头微笑。他就这样"被"亲戚了。回到家里，他没跟家人提起这事儿，母亲也不问鸡蛋送谁了。

第六章

二十一

　　田真继续倒腾着豆腐渣生意。大家都忙着找钱，也忙着买买买。路寮里的闲人已越来越少，能坐上大半天的人寥若晨星。田家门口竖起了高高的竹竿，那上面的鱼骨天线，像野村酒家招揽过客的风中酒幡，时刻提醒着人们他家买了台电视机。供销社少有顾客光顾，常天龙成为最闲的人，堪比坐在路寮里等死的风烛残年的老人。一天下午，春风满面的张站长来到供销社，炫耀他新买的手表与最新款的四喇叭双卡收录机。他长胖了不少，也早就骑上了自行车，那是因为，他的蚕茧收购站租给民营企业，每年可收上不少租金。常天龙顾不上看他一眼，难得忙着，他正与农机员讨论田家怎么会买得起电视机。他难以置信，豆腐渣里也能捣鼓出电视机来。每周都有村民定时来田家，观看日本电视连续剧《排球女将》，那热闹祥和的气氛，更让他无法接受。他向农机员倾诉，曾经门庭若市的供销社，如今为何变得门可罗雀？这让他痛苦万分！

　　这时，张站长首先发现门口来了一辆机动三轮车，他认得那是温州市区的出租车（那时温州还没轿车出租车）。司机操着温州口音向张站长问路，接着示意乘客可以下车，乘客下车后，付了一张面值一百的绿色外国钞票（因为他说不清回家的路，让司机走了很多冤枉路，打车费从最初的三十元加到一百元，由于心情太激动，也不去问到底是美金还是人民币）。乘客打扮得花里胡哨，像个电视里的外国老头，很快引来不少人围观。围观群众很快得知，中国台湾人来了！是田真的小爷爷田小宝，他真的没死！田招弟正用笸箩把黄豆里的砂子簸干净，一慌神弄翻笸箩，撒了一地黄豆，她撩起围裙搓搓手，急忙请他进门。稍作安顿后，连口茶都没顾得上喝，就带上台湾礼品，领着他去拜访村支书。村支书第一反应是——国民党回来了！便条件反射般地想到枪——那支他当民兵连长时藏在柜子里的半自动步枪。以前，一旦有情况，比如像发生火灾、发现盗贼、抓搞破鞋的等，他都会迅速拿起枪，冲出去，以保护人民群众财产，防止阶级敌人搞破坏。可惜几年前枪已上交了。等他缓过神来，看看前面只不过是个谦卑得只会点头的老头，虽说穿着是花哨了点儿，但已两鬓飞霜，低眉顺眼，身上也没刀没枪的，他才带着威严的官腔说："在家待着，不许走动，等向上面汇报了再说。"

当晚，田家来了好多亲戚，每户亲戚都分到一枚金戒指，一个电子产品，还有一盒虎标万金油。路寮与供销社还在等待事态发展，未做更深入的报道。

第二天，常天龙在焦急中盼望着乡公安员和派出所警察，这种期待的心情，甚至超过当年渴望他舅舅官复原职。常天龙踮起脚尖，看到白鹿洲方向来了一辆自行车，自行车越来越近，最后却是闻讯赶来的当上了副厂长的地主！常天龙暗自窃喜："这下可好了，地主私通台湾特务，一窝端！"小爷爷让田真停放自行车，还没进屋就已老泪纵横，他抱着台湾小爷爷，嗫嚅着说不出话来……后来，常天龙还是把人给盼来了，县里来了两位没穿制服的工作人员，他们态度谦和得像两位提问的学生，一位提问，另一位记录。

田小宝向工作人员交代了当时巡逻时放走两位国防医院学生的事实，放过他们是可怜他俩只是学医的学生，碰巧又是梅龙老乡，他俩确实不是什么从台湾潜回大陆的特务。最后，他顿了顿，目光从田真脸上掠过，又转向工作人员说，这些都是事实，不信你们可以问小满。

工作人员问："小满是谁？"

小爷爷接过话头："是大地主梅毓秀的大公子，我在台湾时见过几次，可他并未回大陆。"

田小宝说："噢，原来你们也认识！但事实并非如此，他在台湾也没待多久，很快去了美国。"

工作人员说："好，我们会核实清楚，请您放心。"

最后，小爷爷又向大家介绍了当年的那位同学，目前已平反，是军医大学的教授。工作人员离开前托付田小宝，要为两岸和平统一做贡献，走出门时，回首说了一句："田老，您留步！"常天龙听到了，怫然作色。

梅小满今在何方，连老雷也不知情。老雷早年丧父，五岁时母亲带他下山，母亲在梅毓秀家做佣人，他则成了梅小满的玩伴。他俩是同岁，梅小满上私塾时也带上他，因而老雷从小也认得几个字。老雷还记得，梅毓秀创办的私塾学堂只收孤儿，梅小满有自己的私塾先生，给先生的束脩，是满满的三箩稻谷！十几岁时，梅小满去杭州求学，之后又去了北平，他俩就很少见面了。他母亲病重时，梅毓秀结了工钱，又赠送一笔钱，好让他送母亲回家善终。他从此留在山里，参加了游击队。后来，梅小满回家时，组织利用老雷的身份，派他同梅小满有过接触，梅小满动员父亲给游击队资助。老雷与梅小满毕竟来自不同阶级，他认为，梅家有功不假，但实在是便宜了田家，因而对田家苛刻有加。有时，老雷会在心里揣摩，如果梅小满同志是位重要人物，那么，田小宝对梅小满的帮助当属间接立功，于是又对田家心生怜悯，出于这种心理，才使他在修水库时自导一出假戏，故意放过田勤俭。但不管怎么说，老雷毕竟格局有限，他怎么知道，当年那个梅家大少爷，后来的梅小满同志，学的是核物理专业，早在北平时，就是要争取的重要人物，他回来后一直隐姓埋名，这事连县领导都无权过问，更何况老雷这位最基层的农村干部。

　　路寮里，有人云山雾罩地说，台湾人带来的万金油才是好东西，那东西真的可以包治百病；另有人说，台湾的金子不值钱，黄蜡蜡的，不像云南的滇金，金色中泛起紫红那样漂亮；还有人说，那些金戒指都是从投降的日本女人身上搜刮过来的……广播用最后的《二泉映月》向他们发出最后通牒——别扯淡，该回家睡觉了。

　　夜深了，白鹿桥上，突然传来像铜勺刮过镀底那种刺耳的呼号声："天啊！天啊！"接着便是扑通一声，河面上溅起巨大的水花，泛起一圈圈涟漪。正在学英语的颜亦水迅速打开窗户，看见一个黑影像只耗子倏然蹿进供销社后面的小巷子。接着，有人喊着："快来救命啊，有人跳河了！"桥上很快乌泱乌泱来了很多村民。台湾小爷爷也出来，急得在石板路上直跺脚。田勤俭与几个村民迅速跳进河里找人。田真母亲也从家里搬出一个大铁镬，倒扣在石板路上，说待人救上来后，好趴在上面把肚子里的水挤出来。村支书急忙让人去借大水牛，说人放在水牛背上跑几圈就能活过来。只可惜，大家在河里摸了半个时辰，啥也没摸到。夜深河风凉，烧酒喝了两斤，大家还是冻得直打哆嗦，最后在台湾小爷爷的扼腕叹息中收场。

蹊跷的是，接下来几天，没听说有人失踪，也没人看到河面上有漂浮的尸体。常天龙在供销社里恬不知耻地问张站长："到底是谁想不开？害得大伙在水里冻得嘎嘎抖！"恐怕只有颜亦水才知道是谁在亵渎人类的良知。后来几天，台湾小爷爷也一直问下文，他寻思着："这人为什么寻短见？不会是吃不饱吧？"

一天，田招弟想给台湾小爷爷换换胃口，就做了顿红薯饭。他疑惑道："现在生活怎么样？"田招弟忍俊不禁，半天才回答道："不瞒您说，现在改革开放了，村民们不仅自己有地可种了，还做起了小生意，这日子虽说不很富裕，但已经有了很大的改观，如今吃红薯的嘛，都是想换换胃口的殷实人家！"他连连点头，笑道："原来如此。"田招弟说："这边渔民从海上带进不少台湾货，有手表、录音机、录音带、太阳镜、自动伞、牛仔裤等抢手货，连女人用的口红都有。"田小宝沉吟片刻，说："大山里的亲戚，应该比较艰难吧？我得去看看他们。"

田小宝只住了半个月，这段时间，有不少人来打听台湾亲人的消息。最后两天，田小宝特地去大山里拜访了翟奶奶，称她为嫂子，也看望了侄女田荷花，这才算把所戴的金戒指全都分完。大山留给他的印象是只能吃饱，很难致富，这跟台湾山区情况类同，并不意外。他回去前没忘记交代说："大陆搞改革开放，肯定要发行股票，股票可要记得买！我就是用退休金买了台湾保险公司的原始股，才算有了家底。这次回大陆前，卖光所有股票换成美金，大有生死未卜的感觉，毕竟离开大陆都快四十年了，绕道香港时，又把部分美金换成金戒指。"股票？保险公司？大家都没听说过，即使有那个闲钱，也不知道上哪儿买。不过他可没送田真什么金戒指或者美金，而是一个太阳能计算器、随身听的单放机和一本《英汉双解词典》。临走时，又再三嘱咐他，格局要大点儿，不能老盯着几粒黄豆，一定要争取上大学。

二十二

　　田真一直下不了决心重新捡起书，直到有一天，颜亦水特地来告诉他一个好消息。她陪父亲复查时，那个内科主任让她转告她的亲戚（田真那次去县医院给她父亲送鸡蛋时，被内科主任误认为是亲戚），说是高考体检标准修改了，像他这种情况可以上大学。他内心无比兴奋，仿佛是她修改了体检标准！作为感谢，他赠送她那本《英汉双解词典》。那年，他二弟刚刚毕业，被分配到县粮食局粮油公司工作，小弟正式接替他做豆腐渣生意，他全力以赴准备高考。但是，由于丢下课本时间太长了，又加上准备时间不足，他高考落榜了。

　　路寮里的闲人对他的落榜并不奇怪，无非说些"都可以娶媳妇生娃了还考什么高考"，他们谈论更多的是那年的全国"严打"。常天龙在供销社里不时针砭起时弊，但并没有多少胸怀与水平，最终都具体到豆腐渣、喇叭裤和靡靡之音上。自从他舅舅下台后，他不再穿军装，那已经不是"黄马褂"了，他拒绝"奇装异服"，坚持穿白衬衫、涤卡中山装。冬天还是呢子短大衣、烟色羊毛围巾，但他这身打扮并不像《红灯记》

中的李玉和。他光溜溜的头发、尖长的鼻子、尖尖的下巴和薄薄的嘴唇，按理说，应该配上一双贼眉鼠眼才协调，像个汉奸，可他偏偏长有一双跟猪一样漂亮的双眼皮，再搭上他的服装，反倒更像个伪君子。他对全国"严打"表现出超乎寻常的热情，他激越地说："但凡穿喇叭裤、留马鬃发的都是流氓阿飞！裤裆小得夹屁股，裤脚大得能扫地，哼！不是流氓是什么？得通通拉去枪毙！"那时的他，对人们穿着打扮的警惕，不逊于对田真的高考。

芳草怒生新雨径，夕阳贪上读书楼。田真落榜后，在家的那段日子，每晚颜亦水的青砖小楼总亮着灯，她几乎没回过家。他知道她在学英语，也感到她是以她自己为榜样来鼓励他必须坚持下去。有一次停电了，青砖小楼里很快亮起烛光。那个年代，停电是稀松平常的事，频繁得像人们上厕所一样；大家都备有蜡烛或油灯，就像备着上厕所必需的手纸。当然，像他们家前几年的光景，是买不起蜡烛的，一般只用小油灯，甚至把小油灯的捻子调到很短，以"如豆残灯"来照明。如今家境好点儿了，他也点上蜡烛，借着蜡烛投射的光，来计算数学题。他突然想到，人家的计算器都已经用上先进的太阳能了，而我们却还用着最原始的蜡烛，我们真的落后人家很多了。他感受到一代青年肩负的重任。

自古道别多惆怅，回高考复读班的前夜，秋雨细蒙蒙，矮矮的青砖楼里亮着湿漉漉的灯。她说这本台湾版的词典是利用词根来记忆，词根能顺着树状图派生出很多词汇，自己才背了半年，词汇量已达到惊人的上万个。建议他利用台湾小爷爷送的单放机听英语课文录音，也可以背这本词典扩充词汇量。他笃信而感动，临走时说会记得她的吩咐。秋雨细蒙蒙，长长的白鹿桥上，恨依依的人……

朝阳又喷薄而出，把金色铺满了石板路。他揣着她的期望，披着朝阳奔向县城。

这个学期对别人来说过得很快，对田真来说却过得很慢。他芸芸攻苦，每天学习时间都超过十五个小时，屁股常坐出血疮，把高一、高二两本英语课本都背了下来，英语词汇量也超过四千个。他大年廿八回家过年时，意外发现青砖小楼的灯还亮着，往年康院长总是对春节排班进行调整，好让颜亦水回家过年。于是他顾不上吃饭，就先去卫生院，见她正往电热杯里下挂面。颜亦水说："每年都让人家春节值班，有点儿说不过去，特别是康院长，春节假期从来没休息过，在排班上，也不考虑女儿的难处，尽量多照顾别人。"他坐下来，向她说些学习情况。她吃完面条后，也说了自己的情况，英语词汇量已达一万五千个，在读一些莎士比亚和狄更斯的英文版原著；还买了个日本索尼双声道全波段收音机，用来收听BBC，跟着学口语，之前的收录机只能放磁带，BBC经常收不到，发音细节也听不清楚。他俩只说了这些，他就回家吃饭了。

除夕之夜，快开饭前，母亲突然说："快去喊颜亦水，一起吃个年饭。过年食堂都不开伙，一个外乡人，大过年的还吃不上一口热饭，怪可怜的。"他跑过去，还真的把她叫过来了。席间，母亲不时摩挲着她的手，可谓爱不释手，最后终于藏不住自己的心思，挤出一句："多好的闺女呀，如果是我们家媳妇该多好啊！"二弟不明就里，顿生张皇，心想，说的是嫂子？不会给我找媳妇吧！田真羞赧得红了脸，瞟一眼母亲，示意别提这个话题。颜亦水倒大方，及时接话说："做不成媳妇，做闺女呗。"这话像是为了抹平尴尬，有救场的意思。父母相互看了一眼，用眼神交换了意见，回过头来，连声说好。这下子，干女儿竟成了事实。田真父母并非没有听过关于她的流言蜚语，但这些只是传说，没有事实根据。他们宁愿相信自己的眼睛，眼前这位姑娘模样周正，脸盘如月，既有些福相，又文雅礼貌，显然是个善良的好姑娘，而好姑娘总让爱嚼舌头的坏人搬弄是非，飞短流长。当然，更重要的是，他们认为她对于田真的学业乃至人生来说，是一种可贵的积极因素。

过完春节没几天，田真就回了县城。

那年高考是先体检、先填志愿。他顺利通过体检；因为英语已有长足进步，他觉得有实力挑战大学而不是中专，报的都是医科大学。他认为医生可以治病救人，即使是地主也可为人民服务。高考前一天，颜亦水坐着拖拉机来到学校，搪瓷杯里的西洋参汤，已让蹦蹦跳跳的拖拉机喝了大半。他从来没见过那玩意儿，两口就喝完，用衣袖擦了擦嘴巴，就往教室里跑，转身做了个鬼脸，算是对她粲然一笑的回应。当晚，高考前的紧张气氛扰得他睡不着，好不容易睡着了，却又梦见她盈盈的笑。待到考试的铃声一响，紧张的气氛好像突然消失，反正埋头答题就是，一切杂念无影无踪，每门都正常发挥。

回家后，他似乎胜券在握，常常与村民们一道收看日本电视连续剧《血疑》，剧中花季少女幸子与医学生相良光夫的善良、端庄、勇敢、坚韧不拔与无私奉献，赚取了他和不少观众的泪水。那年暑假，他注定要把一生的大部分泪水流完：首先，从电视里看到洛杉矶奥运会上许海峰勇夺首金，这是中国人第一次站在领奖台上，当雄壮的国歌伴随着五星红旗冉冉升起，他热血沸腾、泪流满面，真正感觉到作为中国人的自豪！接着，他收到东南医科大学的录取通知书，他把自己锁在房间里，号啕大哭，哭成泪人……他等这一天，等得太久、太久，连他自己都说不清到底吃了多少苦，受了多少委屈。

　　路寮里的闲人对此还是比较关心，毕竟偌大的白鹿乡才考上一个大学生。有人说："高考化学试卷考到做豆腐。"有人附和说："对呀，戏文里的淮南王刘安，炼丹过程中发明了豆腐，这里面就有化学。"乡政府对此有过积极回应，乡长大张旗鼓、敲锣打鼓地来贺喜，还送上个大红包。握手时，乡长双手捧着田勤俭的手，足足摇了半分钟。松开手，乡长左手叉腰，右手往空中一挥，当众宣布："干部，要年轻化，要知识化，今后，全乡凡是考上大专院校的，都得奖励！"此前，田真去向小爷爷报喜时已经得知，小爷爷因曾读过两个名牌大学，虽然因故未能完成学业，但落实政策时承认本科学历，所以在干部调整中被破格提拔为副局长；还听说一位年轻的厂长被破格提拔，当上了县长。小爷爷还说："读书也要赶上好年头，我就没能赶上。一个尊重知识的时代已经到来，一定要珍惜来之不易的学习机会。"

第七章

二十三

　　二弟花了三个月的工资送他一只皮箱，颜亦水作为干姐也送了支钢笔，他如期去大学报到。大学里不用交学费，免费提供一部分生活必需品，还发给饭票、菜票，可以说，只要人来了就行，一切由国家买单。第一次去食堂，是吃早餐，食堂里有很多品种，他点了油条、大饼，还加了一碗面条，师傅才收四两饭票、八分菜票，便宜得让他又想起县中食堂那师傅的两分钱豆腐。他忐忑不安地吃着，心想，是不是师傅算错了。经不起好奇心的折腾，便向旁边学长打听，才知道国家在高校投入很大，对贫困大学生补助力度更大，有些贫困生会卖掉省下来的菜票，以换取来回的路费。过了几天，他领到校徽和公费医疗证，别上校徽后，他挺起胸对着小镜子看了很久，一种自豪感油然而生；还有那公费医疗证，上面赫然写着"国家正式工作人员"，他难以置信，自己身为学生，却能享受到国家干部的某些待遇！这些让他真实体会到，读大学确实像人们传说的那样好，比二弟说的还要好。因他年龄大、有些社会阅历，同学们便推选他当班长。但他只接受生活委员的职位，这活除了给大家发放饭票、菜票、电影票之类的东西，还要每天去开信箱给大家送信。那时大家只能靠书信交流，很少去邮局发电报、打电话，那玩意儿特花钱，除非是急事。同学们的信不少，都是同学之间的来往，还有就是家信。他写过一封家信，也给干姐写了一封信，介绍大学里的情况，说了食堂和公费医疗证的事，后来他收到了她的回信。

在国庆期间，颜亦水来看田真，说是想看看大学那神圣的殿堂。他俩在静谧的阳光下徜徉于校园的每一条小道，小道旁边花草匝地，绿树葳蕤，树叶的簌簌作响声，像情人的呢喃。校园里很多树都钉着树牌，有常见的婆娑苏铁、鹿角香樟、龙须古榕、凤尾修竹、银桦银杏及丹桂紫藤，也有不常见的皂荚树、乌桕树、龙爪槐、大叶女贞和南方红豆杉等。花卉除常见的杜鹃月季、碧桃红樱、紫阳辛夷外，更多的是茶花，品种有茶梅、白雪塔、红十八学士、五彩芙蓉、花鹤翎、花露珍等。树牌上的介绍，让他们长了见识。建筑物除了几幢当代风格的大楼，大多不高，尚存苏联风格。红砖青瓦中飘出柔美动人、滴进心里的钢琴曲，让人浮想联翩。她说那是贝多芬的《致爱丽丝》，收音机里常可听到。迎面而来的学生，衣袂飞扬，青春气息扑面而来；也有学者模样的人，腋下夹一册又厚又大的外文书，昂首阔步，旁若无人……在一个转弯路口，他转身跟同学打了个招呼，转回身时，手臂不小心碰到她软软的胸，他红着脸。她笑着说："我们家的弟弟学坏哩，找不到女朋友还会欺负姐姐。"后来，他俩又看了图书馆、体操舞蹈馆、阶梯教室。在食堂吃过午饭后，又去看了大学生艺术团的排练，还在神秘的解剖室外边转了一圈，最后坐在草坪上看篮球、排球和足球比赛。她说大学真好，真羡慕，好想上大学。

她当天就回去了。之后，他又给她写了封信，可一直没收到回信，每天带着希望去开信箱，打开后总是失望。有一次，他收到一封特别的信，是手工做的那种素白信封，没有邮票、邮戳，是未经邮递员之手，直接从信箱门缝塞进去的，也没发信人地址，里面只是一张生日贺卡，字迹娟秀仿佛带着体温。他从来没跟别人提起过生日，从小也没吃过一顿生日长寿面，是谁这么有心？还知道他的生日！他能猜到是谁，那时能考上大学的女生本来就不多，能写得一手好字的也就那么几个。但他只能装糊涂，在心里非常感谢这位才女，能瞧得起他。可是，在他被很多人鄙视的那些日子里，已经有人瞧得起他了，而且交情甚笃，所以只能在心里说声"对不起"了。元旦迎新晚会演出之后，天就冷了，大家都忙着复习，准备迎接期末考试。

第一个学期已在不知不觉中溜走。寒假，田真回到家，那天晚上，寒风裹挟着雪拍在他的脸上，他走过湿滑的石板路，叩开青砖小楼上那扇寂寞冰冷的门。忧郁的脸上嵌着她忧郁的眸子，她噙着泪珠告诉他，她父亲已经去世。就在她来大学看望他的那天晚上，还没等她赶到医院，父亲已经因大咯血窒息而死。她不回信，是因为不知道该怎么说，也不愿打扰他的学习，或许，不回信本身就是一种无言的回复。他低下头沉默一会儿，突然用双手重重地拍打一下自己的脑袋，似乎在自怜自艾，心想，如果她那天没来看我，而在父亲身边，也许父亲不至于窒息而死，我几乎是死神的同谋。他抬起头看着她，他俩就这样一直看着，眼里千言万语，她的泪已挂在脸上。他觉得心里有种说不出来的难过，不知道说什么好，也不知道自己是否应该对这个快三十岁的干姐做些肢体上的安慰动作，他怕他的安慰反而会摧毁她最后的坚强。终于，他酸酸的鼻子提醒他，必须赶快离开，走到门口时，他又停了一下，回头说了一句："多回家陪母亲，记住，你还有个敢担当的弟弟。"说完，便匆匆离开。

整个寒假都掩蔽在阴郁之中。他很想再去看她，有几次都已经走到桥头，却又折返回来。他不知见到她后该说些什么，怕万一有个不恰当的敏感词语或肢体语言，唤起她对父亲甚至是弟弟的追忆，进而上演一场近乎歇斯底里的呼天抢地。这种场面会让他非常窘迫，不知该如何收拾，也易招来猜疑，以为她的苍白人生又让人蒙上一层白霜。几番踟蹰，几度思忖，他觉得"敢担当的弟弟"足以表明自己的态度与决心，那就是要对她的人生负责。

回校后，他马上给她写了封长信，希望她能走出阴影，他觉得，有些话在信里更容易说出口。她回信说，自己会振作起来；还说，县计生委要招七名学员（体制内选拔，包括合同工），派往东南医科大学读计生大专班，她想报名试试。他怕寄信耽误时间，立即跑到邮局，挂了个长途电话到白鹿乡政府，请求他们帮忙到卫生院叫她接电话，那时候打电话常有这样的神操作。他鼓励她去考，方法上只要把数理化的基本概念弄懂就行，能拿到基本分就成，英语无疑能拿高分，语文因有读报习惯，也不会差。最后他告诉她一定要有信心，希望很大。

老天眷顾，三个月后成绩出来，她凭着英语满分的优势弥补了数理化的弱项，刚好考了个第七名。

二十四

　　路寮里，有闲人说："这世上哪有俩儿子都考上的？颜亦水管田招弟叫干娘，还不是想沾点儿高考的光，嘴上叫干娘，心里想的还不是那套书？"这事也成了供销社里不大不小的新闻。张站长又胖了不少，扇着两片大屁股，像只鸭子走着八字步，腆着个大肚子像是领导般高屋建瓴地说："据康院长讲，她整天对着收音机，跟外国人——说话！考上，那是——理所当然的！"常天龙白他一眼，说："你知道个啥？肯定是烈士家属有加分！"他心想，烈士家属的名分是他的功劳，这次考上大专班，当属托了他的洪福。农机员舌灿莲花地接话说："不对呀，只听说过烈士配偶可安排工作，子女考试有加分，没听说过姐姐考试也有加分的，肯定是田真帮了忙。"这时，门口来了一辆嘉陵摩托车，那是陈老板刚买的，是全乡第一辆，很多人还没见过屁股会冒烟的自行车。他是来找张站长喝酒唠嗑的，因为他的产品是摩托车的聚氨酯硬泡座垫，硬泡产品很占地方，随着业务的增长，他还想让张站长在蚕茧站的空地上再增扩几个车间。张站长扇着大屁股，屁颠屁颠地走过去，好不容易才坐上摩托车，屁股冒着烟扬长而去。常天龙讥诮他穷人乍富，小人得志，指着他远去的屁股，跟大家说："这个屁股如此之大，足以把粪缸里的红头苍蝇，给活活闷死！屁股是让资本家的硬泡产品给撑肥的，本质上却充满工人们的血泪。"农机员却不以为然，说："人家愿意撂下豆腐担子帮人找钱，说这投资人还挺厚道的，每月分了不少钱。"常天龙气得像恨人不死的棺材铺老板，咬牙切齿地说："全县最早骑摩托车的那几个，都被撞死了，等着瞧吧！我宁愿坐拖拉机，也不开摩托车。"

那时，拖拉机也是主要交通工具。田真帮颜亦水租了一辆拖拉机，因为快要开学了。她拾掇好所有个人物品，算是正式离开这个工作了十几年的卫生院。临行时，她向康院长鞠了个躬，说："十几岁就来这里工作，少不更事，给您添麻烦了！"康院长抹了抹眼睛，用长辈的口吻说："孩子，你真不容易，我没照顾好你，惭愧啊！"

开学后，田真已提前到校。那时候大学里流行同乡会，大家会去车站或轮船码头迎接新生老乡，田真当然能接到作为新生的干姐。她的计生大专班才三十多个学生，都是各县选送的，年龄参差不齐，像是刚恢复高考时77级、78级的学生。因为是带薪学习，学校不给饭票、菜票，得自己花钱买。她们的教室是在一幢二十世纪五十年代建造的苏联式教学楼里，寝室条件也不怎么好，因为这个班是省里临时决定的项目，只能先安顿下来再说。田真建议她最好再报个函授本科，说不定今后还能派上用场，她说也正有这个想法。那时社会青年有很强的求知欲望，文学界空前繁荣，文艺青年如雨后春笋，也很流行读各种专业的函授、电大、夜大，但拿到成人本科文凭并非易事，要有点儿真才实学。尽管拿文凭很难，但这阵风确实像牛仔裤一样流行。在牛仔裤流行之前，人们习惯于买布料请裁缝做服装，所谓的"奇装异服"也没有现成的可买，是照电视里的款式请人做的；而牛仔裤则是现成的，更易流行。那时还出现从国外进来的二手服装，颜亦水就买了一件颇有英伦风格的二手风衣。

接下来的三年是他俩最美好的时光。他俩一起吃饭，一起散步，一起去看电影，一起听演唱会。普通本科班教学硬件要好上很多，像解剖实验课，俩学生能分到一个尸体标本，而计生大专班全班才分到两个标本，学习条件不可同日而语。有一次，上《病理解剖》课，老师看到田真盯着一个"大叶性肺炎"标本发呆，就说："你手里的标本很珍贵，现在临床上已见不到这种病，再也弄不到这种标本了，千万别弄坏这个标本。"田真苦笑着，心里想，我小时候差点儿死在这病上，那时候的命贱啊！有谁想得到，随着医疗水平的提高，别说人命，就连尸体标本都变得金贵！

她会在他的阶梯教室里晚自修，那儿条件好些，而且让她有一种真正上大学的感受，不像她自己的计生大专班里，都是一些有工作经历的人，缺乏年轻学生朝气蓬勃生龙活虎的气息。

有时她也会来蹭课，普通本科班的课程要多些，而且老师上课也很风趣。

农村来的学生，在知识结构上不如城里人，显得贫血苍白，表现得不怎么活跃。有一次，上《生物化学》时，老师说到蛋白质的淬火与退火时，问谁知道淬火？没人回答，平时很活跃的那几位，还身陷谭咏麟昨晚设下的《爱情陷阱》里。田真说："那是铁匠把烧红的铁器在水里或油里快速过一下，让铁器变得更硬；相反，把淬过火的铁器烧红，让它慢慢冷却退火，变回有韧性。"另有一次，上《诊断学》，说的是"胃十二指肠溃疡"那一章。老师说到人们往食物中加入碱，不仅可增强口感，还有中和胃酸、防治胃十二指肠溃疡的作用时，就顺便提起新疆牧民用胡杨树皮里的碱和面，才能烤出最地道的新疆馕饼。此话一出，就有同学不以为然。他说："温州人好吃灰汤粽，无非是利用稻草灰中的碱，干吗不直接加食用苏打？还非得要烧早稻秸秆，不能用晚稻的，难免有迷信色彩与原始愚昧之嫌！"田真说："遑论灰汤粽特有的风味，灰汤中的碱是碳酸钾，兼有碱性与补钾的作用，溽热端午出汗多，补点儿钾盐应该有好处吧，这是其一。其二是，早稻与晚稻不同，早稻病害少、干净，农民不会拿晚稻秸秆喂牛，否则牛的寿命不会长；如果把这两种秸秆放在一起，牛也知道挑早稻秸秆吃，人不会比牛笨吧？"这位自以为是的同学便心服口服了。还有一次，上《微生物学》，老师说到用于检测细菌内毒素的"鲎试验"，问谁见过鲎帆？于是田真向大家介绍了这种怪物——蓝色血液的怪物！同学们顿时觉得他知道得还真不少，意识到农村这本书不比城里的薄。田真说起鲎帆，不禁又想起那不堪回首的辛酸往事，颜亦水却为他的见多识广而感到骄傲。

当然，教学条件好些只是部分原因，更重要的还是大家都对她好，都管她叫姐姐，比田真叫得还要甜，尤其是女同学，什么事儿都找她商量，她也常往她们寝室跑，混得比田真还熟。这些经历，有益于她的学业，她往往以本科生的标准要求自己，打下比较扎实的基础。

有一回放假，她来卫生院看望康院长和老同事，当然也看她的干娘，顺便也蹭顿饭。常天龙瞧见身着风衣的她衣袂飘飘的样子，诅咒道："这些衣服都来自国外医院的太平间，是从死人身上扒下来的！穿这种衣服，迟早会得艾滋病！"可供销社里没几个听众，穿二手衣也司空见惯，连教师、乡政府工作人员都在穿，再说也没多少人知道艾滋病到底是个啥，他说了跟没说一个样。

幸福的时候，光阴如同白驹过隙，三年的光阴就在不知不觉中溜走。她以全班第一名成绩毕业，还赶上首次全国大学英语四级考试，也拿了全校第一，一时成了校园里的热门话题，大家汗颜于第一名竟被让人瞧不起的计生大专班学员摘走。田真大四已结束，没有暑假，七月初就要赴杭州与上届学长交接，须实习满一年才能毕业，实习医生一天都不得离开医院。她要回县计生委报到，等待分配工作。她离校的前夜，他俩就在足球场的草地上坐着，他反复唱着谭咏麟的《难舍难分》，直到天亮……

县里考虑到她对白鹿乡情况熟悉，就分配她到白鹿乡政府工作，成了一名专职计生员。她写信告诉他，石板路与白鹿桥均已拓宽，路上看到很多日本进口的本田摩托车；还说她的大部分工作时间都是在找超生对象，像玩猫捉老鼠的游戏，跟她学的知识没什么关联，她并不喜欢这种工作；最后，她说正赶上全国首次大学英语六级考试（那时非在校大学生可以考四六级英语），成绩在全省名列前茅，还想好好利用英语的优势，准备考研。他回信说，自己实习很忙，学到很多实践知识，每天要工作学习十五个小时以上，确实很累，没时间准备考研，想先参加工作。次年实习快结束时，全国很多大学校园里躁动紊乱，他怕她担心，就写了封信报平安，但她并未回信。

此时的她正面临着生死离别与艰难抉择。母亲被查出宫颈癌，她请假带着母亲去找大学时的老师，一位著名的妇产科教授。教授看过片子说，是晚期中的晚期，肿瘤已向远处转移，时间不多了。带母亲回家后，病情迅速恶化，母亲临终前告诉她一个惊天秘密，她竟是母亲与常天龙舅舅的私生女！当年她找母亲打胎后，母亲一直不放心，私下打听才知道常天龙的情况。他舅舅当年就是以助产士岗位为筹码占有了母亲，母亲怀上她后，两人断了来往。弟弟参军后母亲曾偶然碰到过他舅舅，说当时招飞行员政审时，外甥常天龙是找过他，可后来还是看在母亲情面上才让弟弟参军。后来母亲发现她与常天龙断了来往也就放心了。现在全家只剩下她孤苦伶仃的一个人，母亲觉得不应该再隐瞒下去。她不敢相信这是真的，把母亲抱在怀里痛哭，她怎么能够接受得了这个残酷的现实！母亲还说，自己一辈子接生是积德，打胎是罪过，打胎远多于接生，死在宫颈癌上那是报应，现在母亲要走了，会把所有的苦难都带走。母亲最后吩咐她要积德行善，找个实在人过日子，说完就死在她的怀里……

她成了世界上最不幸的人。她相信自己能走出失去亲人的阴影，弟弟的牺牲和父亲的不幸去世已经把她的心都磨出茧来，让她变得坚强，但她无法接受自己的身世。她可以为家庭付出一切，是多么爱自己的家啊！可现在突然冒出一个所谓血缘关系上的父亲——而且还是常天龙的舅舅，自己竟与这个变态扯上表兄妹关系！她不忍直视残酷的现实，想离开这个让她不堪回首的伤心之地，考研决心就愈加坚定了。没有任何人可以让她倾诉秘密，包括田真，因而她只能将所有郁积在内心的愤恨与悲伤发泄在书本里。事实上，人一旦不必眷恋亲情时，就无须太顾忌自身，思维方式就变得更简洁，目标也更加直接明了，因而她笃信唯考研可以删除那段不幸身世，仿佛是重新转世投胎。

二十五

　　田真在医院里的实习结束，五年大学算是毕业了，他回家等待分配工作。得知颜亦水母亲离世的消息他非常难过，他无法想象怎么会家人全走了就留下她一个人！他深感自己有责任保护好她，不能让她再伤心难过。田招弟抹着泪说："去喊她来我们家吃饭，干娘就是娘。"她来吃过饭后，说要挤出时间复习，就走了，并未留下来向田真倾吐她的身世秘密。

　　两个月过去了，田真还没接到工作通知，去县里市里打听，都说没收到他的档案。路寮里有人说他不好好学习，非得上街出风头才丢了工作，他们并不知道，他整天围着病人跑，哪有时间上街看热闹。最后，他接到通知，是被分配到瓯之江集团职工医院，这个国企跟市卫生局是平级单位，有机会抢先拿走他的人事档案。他听说，往年都是市卫生局挑剩下来的留给他们，像今年提前过来要人还是首次，很有可能是盯上某人了。他有些失望，知道在这种医院没什么发展空间，但也没办法，只能服从国家分配。那天，她送他去集团公司人事科报到，办完手续出来时，看到常天龙进了董事长办公室。她遽然心下一凛，打了个寒战，心想，见鬼了！他俩走出大楼后，在宣传栏前停了下来，她看着上面董事长的照片，突然像拍蚊子那样，在自己的脑门上猛拍一下，自言自语道："怪不得，就是那位秘书。"田真没想那么多，可她认出来了，因为常天龙曾带她坐过他舅舅秘书开来的吉普车，当年的小秘书，已经变成了集团公司老总。她有一种不祥的预感，一种被恶鬼缠身的预感。

她回去后，除了工作，就是复习准备考研。田真也很难适应职工医院的疲沓工作。首先，是没完没了的文件学习，这些文件大多都是关于集团公司的生产经营，跟医疗工作毫无关系，着实浪费时间。其次，来就医的不少是想请假，要开个虚假医疗证明，或者是一些不痛不痒的小病，就想住院，企图把医院当成疗养院。再次，开药也很乱，药房里居然可以兑换药品。可以换成西洋参，也可以换成板蓝根，其实板蓝根冲剂拿回家就当茶喝，盯上的只是装板蓝根的红色塑料桶，包装盒干吗要换成塑料桶呢？厂家当然更懂得促销，可喝了一桶的板蓝根都快喝出糖尿病来了，才可以得到一个塑料桶，浪费国家多少钱啊！林林总总，在他看来，都是国家的蛀虫。

不过，在这种工作环境下倒没什么压力，大家都颟顸糊涂，可谓蹉跎光阴。他一有空闲时间，就会往家里跑，从城里到家也不过一个多小时的车程。有时，母亲会让他顺便带上三十来斤豆腐干到城里卖，城里人喜欢吃这种用焦糖而不是人工色素染色的传统食品。他乐意帮母亲做点儿小事，再说卖这点儿东西也花不了多少工夫，他凌晨五点出来，到了城里还不到七点钟，放在菜场口，用不着吆喝，半个小时就卖完（吆喝也没啥，他从小卖豆腐，本来就是个豆腐郎），偶尔时间来不及，他会把剩下的卖给职工食堂或同事。有一次，他卖完豆腐干后，赶往医院上门诊，有位来看病的大妈看到他卷着裤腿，解放鞋里也没穿双袜子，疑惑地指着自己篮子里的豆腐干问："你刚才还在菜场里卖豆腐，会瞧病吗？"他笑着说："我是庄稼人的儿子，挑过大粪捏过泥巴，做豆腐是家里的副业，今天顺便带城里卖。"大妈扒着篮子，抓着处方出来时，嘀咕着："见过一位乡下音乐老师，一早赶出大殡吹唢呐，吹完唢呐又赶学校吹小号，可我还没见过卖完豆腐又卖药的医生。"

　　田真颇有负罪感地工作到年底，总算拿到被拖了几个月的工资。他请了个小假，因为二弟就要结婚了。台湾小爷爷已提前赶来，他来大陆方便多了，已跑回来小住两趟。他最喜欢拿把藤椅躺在家门口，望着白鹿桥上来往的乡亲，仿佛要把每张笑脸都装进心里，就连门前流过的河水都让他留恋不舍。田真陪同台湾小爷爷又去了趟山里，看望翟奶奶与姑妈田荷花，并且用他人生的第一笔工资孝敬她俩，还送上二弟的婚礼请柬。婚礼那天，翟家只来了一位长孙，翟奶奶与翟善生都不肯露脸。小爷爷也很早来了，台湾小爷爷归他看着，他俩有说不完的话，说到伤心之处也没见泪水，笑的时候却有泪花，可能泪水流完了只能靠笑才能浸点儿老泪出来，可大家不觉得难过，反而觉得他俩像小孩，挺好玩的。颜亦水去考研没能赶回来。有亲戚问："田真，你家怎么大麦不割，先割小麦？"母亲使了个眼神，示意不该开这种玩笑。台湾小爷爷却替田真回答："在台湾三十多岁才结婚很正常，尤其是医生，都是博士，很迟才结婚。"

二弟的婚礼过后，田真提前回去，说是在春节期间要连续值班，不回来过年了。

除夕夜，颜亦水只随便吃几口就走了，也说在春节期间要连续值班，他俩像事先商量好似的，因为他俩都想到要为她的研究生面试留出时间。到元宵节时，田真又回到家里，因为明天台湾小爷爷就要回去了。母亲正在挼糯米面，父亲正捣着芝麻、花生米，桌子上摆放着红糖、切好的葱花与小咸肉丁，看样子是要做糯米汤圆过元宵节。这里人称汤圆为"鸡膪圆"，"膪"意思是鸟类的嗉囊，"鸡膪"是鸡的嗉囊（并非鸡的胃，即鸡肫或鸡胗），像收口的小袋。母亲先将糯米面捏成臼状，往里填满馅后，收拢口，双手一抄，一个形同无花果样的"鸡膪圆"便做成了。干姐同躺在藤椅上的台湾小爷爷打过招呼，进门见干娘正忙着，便洗了手，一起做"鸡膪圆"。可她只会做圆形的汤圆，便又抄一个小尖顶，摁在汤圆上。田真正在烧火，看见她的特别做法，觉得好笑。干娘也觉得好笑，但没去纠正，让她玩去。"鸡膪圆"下锅，等水烧开了又加了一次冷水，"鸡膪圆"渐渐地变大、全部浮了上来，已经熟透，但干姐摁上去的小尖顶都掉光了，变成圆圆的汤圆。台湾小爷爷看见了，说："怎么有几个像台湾的汤圆！"大家都笑了。台湾小爷爷用调羹舀起一个汤圆，咬一小口，噘嘴往小口里吹几口气，张嘴含进汤圆，在嘴里嚼几下，便吞下整个汤圆。母亲说："小心，老人最怕噎着。"台湾小爷爷说："台湾的汤圆哪有这么好吃？这才是小时候的味道。小时候，只有冬至或家里来客人了才吃得上汤圆。"母亲笑笑，说："现在条件好了，想吃随时可做。"台湾小爷爷问："除了芝麻、花生，还放了什么？我觉得有种特别的香味。"田真抢着替母亲回答："是桂花的香味。"母亲点头，说："从河边那株树上采的。"台湾小爷爷张嘴啊了一声，说："怪不得这么香！"他长吁一口气，接着说："这树是我栽的！那时我才十几岁，去雁荡山游玩时，在真际寺见到一片桂花林，花色橙红，香气扑鼻。住持介绍说，这些桂花树属于丹桂，雁荡山本地人叫它木樨，是孙中山先生的公子孙科先生按母嘱所植。后来住持送我一株盆栽的小苗，说是从丹桂树下的石头缝里长出来的。"田真忍不住，插话说："原来，我们家的桂花树还是有故事的！"台湾小爷爷说："明天让我带上一包桂花，我要让老兵们尝尝孙先生的桂花。"

正月刚过，她给他单位打了个电话，说考研没过线，她没有下次了，因为已经到了三十五岁的最大年龄。他隔着电话都能感受到她的痛苦、绝望，但他很沉着冷静地说，马上去大学了解情况，说不定还有机会。他俩赶到大学，先是找到那位研究生导师，就是上次给她母亲看病的教授。教授说，这次报考妇产科专业的学生都没能过线，跟她同分的就有三位，离分数控制线都还差两分。教授还是仔细看着她的个人简历，皱眉摇头说："学历实在太低了，初中毕业，加上计生大专班，再加上函授本科，还不如一个正式卫校毕业的中专生。"但此刻田真看到了希望，说明过不了分数线还有破格录取的可能。他在旁边轻轻地对教授说："老师，她英语很好，请您给她一次最后的机会！"教授翻到最后一页，看到大学英语六级分数居然这么高。教授原先看过她的考研英语分数，觉得这位学生英语非常好，上不了线挺可惜的。但是，大学英语与考研英语的考试侧重点不同，教授还没碰到大学英语六级有这么高的，听力、写作都是满分！于是，就把她带到教授的个人办公室，想测试一下她的听力与口语水平。

田真在外面盯着门，却不愿看到这扇门快点儿打开，听到结果，而是希望这扇门迟点儿打开，他知道，时间越长希望就越大。事实上，他的想法是有道理的。教授先要求她用英语介绍自己，然后用英语提了一些问题，要求她也用英语回答。有些问题她并不能全面回答，不了解的方面，只好反过来请教教授，她俩说着说着，都忘了这可能是一场面试，好像是在讨论学术，后来又越说越远，像是两位伦敦女士像朋友一样谈心。教授曾经留学伦敦八年，眼前这位满口英伦口音的学生的人生遭际和对命运的抗争，唤起了教授对艰难求学经历的回忆，想起泰晤士河畔孤独的自己，耳边回荡着威斯敏斯特大教堂的钟声……教授被她感动得流下眼泪。最后，教授从抽屉里拿出一张《硕士研究生破格录取推荐表》，让她填好后，教授签了名，还交代，要有三位正教授推荐才可以报教育部审批。

他俩拿到表格，几乎想跪谢教授！后来又找到了另两位教授，那时候教授很少，大学里正教授不到十位，想找教授推荐是件很难的事，好在已经有过先前教授导师的推荐，后面两位教授还是很愿意推荐的。回来的路上，他告诉她，这事希望很大，因为这三位教授在学术界享有很高的声望，教育部会仔细考量。他还说自己在单位混不下去，也要考研，可惜母校还没有他想报考的硕士点，只能考别的学校。最后他俩各自回单位。

　　屋檐连绵的滴答，那是清明的声音，叩开田真莫名的牵挂。他在牵挂中等待已久，正想回单位时，颜亦水却红着眼睛进来，眼泪已汪在眼眶。母亲满脸笑容地从厨房里出来，想娘儿俩唠上几句，一看这情形，便把笑生生地憋回去。母亲心想，今天她去上坟，面对已故亲人，肯定心里很难过。于是，一溜儿碎步迎上去，抱着她说："孩子，别难过，还有干娘管你呢。"母亲的话像打开了闸，她把脸贴在干娘胸前，放声大哭，不停地哭，撕心裂肺地哭。母亲也被感染，一同跟着哭。哭声惊动天地，惊动供销社，也惊动乡政府，引来了很多人围观。田真其实已经猜到原委，只是低头静静地坐着，他懂得一个人经历了这么多的坎坷，付出了这么多年的努力，此刻需要一场大哭来控诉不幸的人生，他明白这种局面只能交给母亲，自己说什么都是多余的。干娘像抚摸婴儿似的抚摸着她的脸，她终于停了下来。是的，他猜对了，她拿到了研究生录取通知书！田真走到窗旁，默默地注视着窗外，丝丝雨弦垂下，仿佛演绎着美妙的音乐。他突然觉得自己可笑，怎么变得像个文青，但又马上明白了缘由——有爱相伴，生活才有了诗意。

　　人们无法相信，卫生院原来的护士变成了研究生。它颠覆了所有人的固有成见，村民们咂嘴摇头，感叹不已，都说这个干娘比菩萨还灵。有人拉着孩子来认干娘，不成就给摸一下头也行。干娘摸摸孩子的头，笑着说："用心磨豆腐，豆里出黄金。心中有夙愿，梦想可成真。"

二十六

　　田真带着欣慰走了，可惜他高兴得太早，魔鬼又伸出了爪牙。一天，乡长私下跟颜亦水说："有人举报，你考研究生不符合规定，你读的是定向委培计生大专班，政府不能白花钱培养你。考研报名时，单位是给你盖了章，那是认为你不可能考上才卖个顺水人情，可现在有人举报了，恐怕这事，还得两说着。"说完，掏出举报信让她看。她觉得举报信上的笔迹像是常天龙的，心想，这个变态的恶魔怎么还缠着她不放？乡长狎昵地似摸似拍她的肩膀，又接着说："这事等下次开会再商量。这几天骑车去抓超生对象都累坏了，要是有以前的乌篷船该多好呀，既惬意又浪漫。"说完，又搂了一下她的腰胯。她顿时觉得有针在扎她的脸，没说一句话，就转身离开。她回到自己房间里怔忡良久，不能平静，她并不悲伤，是愤怒，愤怒自己千辛万苦得到的入学通知书却要被人轻易撕毁，愤怒乡长竟拿这个来要挟她，愤怒世上的男人总想欺凌霸占女人。她感到做女人真难啊！男人可以拿几个梨子、几尺布、参军名额、工作岗位，甚至是入学机会作为筹码，去摧毁女人的尊严来满足自己的占有欲。可是谁能帮她呢？她感到绝望悲恸……

　　经过几天冷静思考后，她去找县委书记反映情况。她不怕县委书记这么大的官，那是因为她已经不是十几年前的小姑娘了，再说全家就剩下她一个人，还有什么可担心的？大不了一个死字！她不奢望同情，也不请求烈士家属应该给予照顾，只求能被客观公正地对待。她甚至愿意赔偿计生大专班的委培费、退还在三年读书期间的全部工资收入。书记了解情况后，明确表态：考上研究生，是本县为国家输送了优秀人才，是全县的光荣；地方政府出钱与国家出钱是一回事，都是为国家培养人才，委培费不需赔偿，在三年读书期间只能享受普通大学生的一般助学金待遇，多得部分退还政府；宣传该励志人物，鼓励青年努力学习，勇攀科学高峰。书记的客观、明辨、果断给她留下深刻记忆。

　　那天，是田真送她去学校报到。他送给她一只皮箱，与他上大学时二弟送他的皮箱一模一样，刚好是一对。这种皮箱，在电影镜头里，是上海滩旧知识分子出行的必备道具，好像长衫、眼镜和皮箱是旧知识分子的标配。对，就是这种真皮皮箱，很耐用的，可以用上几代人，有钱人结婚时通常会买一对，但她没往那儿想。后来，田真收到她的来信，信上说，导师是世界卫生组织的特聘妇产科专家，致力于女性内分泌激素与试管婴儿的研究工作。学习课程中的《医学专业英语》对她来说并不困难，但《分子生物学》和《分子免疫学》有些难，好在英语基础好，可以省下很多时间去对付它们。还说了她想继续考博士，考博士只需考专业与英语两门，英语非常重要，导师能破格录取她就是由于英语好，让他一定要学好英语，否则专业道路不会太长。最后，交代他考研报名找单位人事科盖章时，要小心董事长可能阻挠。田真回信说，报考的是军医大学的肝胆外科专业，就是小爷爷说的那个学校，都已经报上名了，找人事科盖章时人家也没说啥，这种医院留不住人才，考研走人稀松平常。

后来，无所牵绊的颜亦水，求学之路一直很顺，在读博士期间还被公派国外留学一年。而田真的求学之路却曲折离奇。

他以笔试第一名的成绩进入面试。去面试前，小爷爷写了一封信，让田真带着信去军医大学找他的同学，田真应该也叫他小爷爷吧，但为了区别，就叫军医爷爷吧。

军医大学很大，从东往西要走上好几站路，住宅区和附属医院都紧挨着大学，医院有专门的制氧车间，光一个中心供应室就比他职工医院的门诊楼还大，这些让他很震惊。他很容易找到了军医爷爷，因为谁都知道他。军医爷爷已经退休，正准备出门散步，看了信后心情还是很平静，毕竟这一辈子见过很多风浪。田真扶着他散步，他边走边说："……后来，军医大学毕业后，就留校当了外科医师，成为肝胆外科科研骨干，三十多年前就已站在世界学术的前沿，当时这事迹还被拍成了电影……运动中受迫害，因想不通，自己满腔热情逃回来为国效力，反而被当成台湾潜伏在大陆的特务，就割腕自杀……命是被救回来了，但因伤了神经，手就残了，后来虽然平反，恢复了工作，但再也上不了手术台，只能做些临床科研工作，当然也出了不少科研成果……近几年，台湾的原国防医学院同学，他们有的来做学术交流访问，羡慕我们取得这么大的成就，还好奇我俩当时是怎么逃回来的……台湾同学都比我有钱，为什么会羡慕我们呢？"田真摇摇头，军医爷爷笑笑，平淡中略显自傲，接着说："那是因为我们救了很多人，救人就是成就！难道钱比生命更重要吗？"田真带着崇敬之情点点头，军医爷爷又接着说："我教你这个道理，也算是谢过你台湾小爷爷了……当然，我也没啥大的本事，比起那些冲破重重困难回到祖国，隐姓埋名几十年，在大漠里研究原子弹的科学家，我又算个啥？不就是个瞧病的！"他没提到梅小满这个隐姓埋名的科学家，也许他俩在台湾时就见过，也许从没听说过。

　　一路上有很多人向他行军礼，其中有二杠三星的上校军官。田真心想，看样子军医爷爷级别应该在团级之上，便换个轻松的话题："您工资也不会少吧？"军医爷爷转过脸，看着田真，停下来，假装像个受委屈的小媳妇，说："我几十年没领过工资了，都是护士长代领交给老伴，我不当家，口袋里也不放钱。"田真调皮地说："听说过上海都是女人当家，可没想到军官也得吃手下饭，连零花钱都不给！"这话一说，让军医爷爷笑弯了腰，半晌才喘过气来说："老伴说过，管钱可比管病人费心多了，不让我管钱，那是好让我专心给人看病。再说，我需要零花钱吗？吃、住、穿，部队全给包了，钱放在口袋里还真的占地方呢！"田真还较劲儿着："那您出门理发总得花钱吧？"军医爷爷似乎对钱这个话题已不再感兴趣，只淡淡地回答："大学里有理发室，不花钱的。"他又接着说："老伴说得没错，这个家全靠她一人操心着，我除了回家睡半宿，剩下的时间几乎都是在医院和实验室里度过的……当年我们提出肝脏解剖的'五叶四段'新观点，震惊了学术界。为了完成国家交给我们的任务，我们不知多少个日夜没回过家……我们凭什么挑战世界学术权威？这必须拿出直接的证据，得做出人体肝脏血管铸型标本……经历过无数次试验，后来啊，终于从乒乓球中得到灵感，找到一种叫赛璐珞的东西，是制乒乓球用的塑料，用于灌注填充血管的材料，做出世界上第一个完整的人体肝脏血管铸型标本，为人体肝脏'五叶四段分法'拿到直接证据，奠定了肝脏外科手术理论基础……"

军医爷爷好像是走累了，田真送他回家。面试之后田真就回了单位，这是他俩仅有的一次见面。几个月后，军医爷爷因患胆结石住院做手术。他执意采用当时新开展的微创手术方式，让他的学生——一位刚从国外进修回来的副教授主刀。手术非常顺利，但由于军医爷爷患有门脉高压症，死于术后大出血。他把一生都献给了医学事业，用自己的一生谱写了一位赤子的爱国情怀。

第八章

<h2 style="text-align:center">二十七</h2>

　　田真收到硕士研究生录取通知书后，才知道还要等待部队来接兵，虽然是上大学，但上军医大学属于参军入伍，部队有这个规定。那天，集团公司里来了两位年轻军官，说明是来接田真入伍的。董事长了解情况后很愠恼，先是责怪田真没经过他的同意僭越报考研究生；再问这人接走了，还能不能送回来？军官说，今后是部队说了算，跟地方无关。董事长就很不愿意，说单位缺人才，前几年走了不少人，这次无论如何不肯放人。军官正色警告："我们是在执行首长命令，地方无权干涉！"军人的强硬作风让董事长觉得颜面扫地。原先常天龙找他，只是说别让田真报考，把他废在职工医院，可后来他忘了交代人事科。当然，常天龙只是个小人物，可以不卖面子。可现在被年轻人训话，多丢人啊！这往后怎么管理公司那帮人？必须想办法扭转局面，维护老大的威严。董事长毕竟是老江湖，最后说单位愿意出钱委培，用钱解决问题是他的思维习惯，大公司也不缺那几个钱。军官打电话向上级报告，很快就被批准，因为正式研究生名额很稀缺，而增加一个委培名额

却很容易操作。有人愿意送钱来，还多出来一个可以自主调换的正式名额，多好的事啊！双方都很满意。田真却惨了，居然"被"委培，毕业还得回原单位，这研究生还不是白考了！军官回去了，他们不需要接不属于军人的委培生。

吹糠见米，几天后，田真一到家就知道了缘由。村民们已得知他是个委培研究生，说没啥稀奇的，又不是靠真本事考上去的。还有人问田真父亲，是不是以台属的名义，买了个不需要考试的名额？这事他还没来得及告诉父母，他们怎么会知道呢？肯定是常天龙从中作梗。他去找干姐，问怎么会早就料到董事长会阻挠。她哭得比上次还伤心，哭得让他剜心地痛。在田真的安慰下，她说出与常天龙之间的所有事情。说自己查过很多国外资料，常天龙其实是个精神病人，这种病的早期特征是从占有与摧毁中获得快感，晚期特征是仅从摧毁中获得快感。

她向田真忆述往事。有一天，常天龙让她顺便到狗肉铺替他买"黄狗肾"，那时她并不清楚是啥东西。卖狗肉的齇鼻胖子从他身旁的垃圾堆里捡起两张粽箬，用粽箬包裹像肉泥鳅连着两个肉丸样的东西，递给她时趁机摸了一下她的手，还流着口水色眯眯地说："晚上，用爽兮——用爽！"等她明白过来后，已羞红了脸。起先以为常天龙只是在开玩笑捉弄她，后来她才明白，都是男人们自己偷偷地去买的，这世上哪有黄花闺女去买狗鞭的？分明是让她在大街上宣告，她是个男人无法满足她性欲的荡妇！他是在摧毁她的自尊中来满足自己的快感。她还告诉田真，常天龙竟然向她要泡在酒精里的胚胎标本，而不是泡在福尔马林里，这个胚胎可是他自己的亲生骨肉啊！田真插话说:"他确实是个精神病人,已经没有正常人的思维方式,跟这种人没道理可讲。"最后,她说出母亲临终前透露的秘密,又说了乡长想要挟她……田真再也无法控制自己的情绪,觉得自己是世界上最窝囊的男人,没有保护好自己心爱的女人,他紧紧地抱着她,把她的脸贴在自己胸前,说自己早就决定要用一生去爱她,用生命去保护她。她推开他,说自己不配做他的女人,有个争气的弟弟就已经心满意足。

她又把话题转回来,说事情已无法改变,他只能先去读研究生。在读研究生期间如果成绩优秀是有机会转升博士的,可现在已经和董事长杠上了,到时单位还是可以继续出钱委培。她如果去找自己的亲生父亲,也就是常天龙的舅舅,应该可以解决问题,毕竟董事长也有个下台阶的理由,说实在的,职工医院弄回来一个博士也没啥事可做。但她不想面对这段往事,无法接受自己还有一个父亲,否则,事先让亲生父亲去打个招呼也不会这样被动。他很坚定地说,她有权利决定自己的人生,不能因他的事而改变她的初衷。她说,那只能跟单位杠到底了,根据政策,如果能进入博士后工作站,原单位就无权干涉。

后来的事情就跟上面说的那样。田真去了军医大学读研,他每天都是和穿军装的同学工作学习,晚上听着军号上床睡觉,早上被军号吹醒,出操时,穿便装的他站在队伍中间格格不入,像个民兵,后来同学们干脆给他起了个外号叫"民兵"。当然,虽说是"民兵",但学的东西与干的活儿一样不能少,除了上课学习理论知识,大部分时间都在医院与实验室里。在医院里会很忙,每天都有几台手术,还有写不完的病历和换不完的药。每天教授都会有两次查房，有的教授甚至还再加一次夜查房，连节假日也不放过，教授都来啦，做学生的他能好意思不来吗？

有一次，因为课题需要，他去病历档案室借调以前的病历资料，竟找到一份当年军医爷爷写的病历，让他惊讶的不仅是字迹工整、病程记录非常及时详细，而且诊断中出现肝癌、肝硬变、风湿性心脏病和足癣，前面三个诊断，有责任心的医生都能做到，可是，有谁会把无关紧要的足癣也给记录下来？军医爷爷在这么繁忙的工作中，对病人的体检却能无微不至，着实令人汗颜。田真想起自己在职工医院时，有时懒得再听病人的诉求，连病人的肚子都没摸，就开出 B 超单或处方把病人给打发走，觉得真是愧对先人啊！

此刻，还有一段病历记录更引起他注目，说的是这位病人肝癌切除术后十来天未曾解过大便，常用的通便药物均未奏效，可这位病人又经不起强泻剂或灌肠的副作用，最佳方案是把秘结的粪块掏出来，军医爷爷不放心让病人家属来做，亲自动手。田真曾听说过，当年饥荒时母亲因吃糠便秘直肠脱垂，父亲试图用筷子把粪便撬出来，但筷子毕竟不好使才改用手指抠，抠完粪便才能把脱垂下来的直肠塞回到肚子里去。但他没承想，还有医生亲自为病人掏粪便的，顿时眼睛一湿，仿佛看到了军医爷爷年轻时的身影，身穿白大褂的他正蹲在病床旁，努力用手指把秘结的粪便一块一块地抠出来，尽管病房里已经臭气熏天，但为了能掏到更深处的硬货，他侧过身子，头肩部几乎要贴上病人的屁股，顾不上书生脸面的他龇牙咧嘴地与硬货较劲儿……田真把病历记录复印下来，一是想以军医爷爷为榜样来激励自己，二是其中还有条语录很有意思——"一切为了人民健康"。

一切为了人民健康，有些人早就把这句话抛在脑后。有位与田真同组的进修生，是来自东北某大学附属医院的副教授，进修一年到期了又申请延长半年，他挺喜欢上门诊的。田真听说他在上门诊时常介绍晚期肝癌患者去某单位开中药，从中攫取利益，一个月门诊下来能捞到在东北老家上班一年才能抵得上的灰色收入。因为尝到了甜头才延长进修，却让一些患者落得人财两空。他虽说是个副教授，但来进修的，不管是副教授还是博士，都只是个学徒，干的都是最底层的活儿。但医院里毕竟讲资历，上手术台时会让他当第一助手，田真则当第二助手。第一助手与第二助手有着本质上的区别，前者站主刀对面，配合协助主刀操作，后者最多剪几根线、传递器械，或者持续着拉钩这种体力粗活儿。想成为一名优秀的主刀大夫，不仅需要扎实的理论知识、很高的悟性，更需要经历实践的洗礼，像肝癌这种高难度手术，没有几百次第一助手的经历是不可能站在主刀位置上的，田真当然渴望站在第一助手的位置。

一天，是一台高难度肝癌手术。术中发现肿瘤紧贴着下腔静脉，下腔静脉有拇指样粗，而且血管壁很薄，不小心弄破后果不堪设想，碰到这种情况，大多数医生会放弃手术。正所谓艺高人胆大，教授仔细探查解剖关系后说："干吧！我们不把它拿下来，就没人敢再次开刀进去，病人将永远失去机会。"接着，一场惊心动魄的手术就开始了，尽管教授已经非常小心，但在肿瘤快切下来时，鲜血像泉水样喷涌而出，登时，手术视野被鲜血淹没。教授一边说"危险！下腔静脉破了"，一边用左手迅速伸进血泊中……等吸引器把视野中的血液吸完，田真发现教授的食指正好压在静脉的破口上，在血泊中竟然能精准地找到静脉破口，炉火纯青啊！教授额角冒出汗，长长地吁了一口气，把右手一伸，示意护士递器械过来。这位护士还没见过这种情况，一紧张就想不起来教授到底要啥。东北副教授毕竟还有些功底，明白是一种叫"心耳钳"的器械，用来夹住下腔静脉以便缝补破口，就急忙抬几下下巴示意说："那个，那个。"此刻气氛非常紧张，教授不再宽容，训斥道："什么那个，那个，那个到底叫什么？"副教授大脑一时短路答不上来，田真接话说："心耳钳，或者叫Satinsky（用德语发音）。"护士迅速递过心耳钳，田真能听到教授的喘气声，随着心耳钳咯噔一声上紧，静脉破口已被妥妥地夹住。教授又把右手一伸，还没等他开口说"Prolene"，护士就已递来专门用于修补血管的尼龙线。手术室监护仪器有节奏地发出"嘀，嘀，嘀"的声音，不到一刻钟，教授就稳稳当当地把下腔静脉修补好。接下来手术很顺利，手术室气氛变得甜蜜愉快，麻醉师微微点头，示意一切尽在掌控之中。教授感到今天很有成就感，便带着欣慰的口吻说："田真还懂德语哩，不错哈！"又说："有的外科医生把Roux-en-Y中的x发音出来，一听就知道不懂德语，外科医生懂一门英语显然是不够的，最好能懂两三门外语，今后很有帮助。"田真感到脸红了，幸好戴着口罩，心想，自己在手术图谱上看到过心耳钳，是德国医生发明的，自己并不懂德语，只是上高中时英语老师是北大毕业的，业余时间在翻译一本德语小说，常常在课余时间提起德语，说过德语与英语发音上的区别，这次只是碰巧而已。当手术进行到最后缝合腹壁切口时，教授提前下来，让田真接替他，离开手术室时淡淡地撂下一句话："从今天开始，都让田真当第一助手。"田真不敢抬头看对面东北副教授的表情，心里想，也许外语真的很重要，我们太需要国外先进技术了。也许，教授已有耳闻，人品有问题，技术再好也是个渣子。

外科医生最难的并不是手术操作，而是外科决策，就是对患者进行全面评估后，做出最有益于患者的决定。就拿开刀手术而言，要知道到底要不要开刀？开刀要解决什么问题？是马上开呢，还是择机再开？开进去后可能会出现哪几种情况？有什么预备方案？田真显然还没看懂教授的深厚底蕴，热情还停留在手术操作层面上，他对教授的打外科结的方法着迷。外科结是外科医生的基本功，上大学时老师就有严格要求，他在黑夜不开灯的情况下，每分钟也能打六十个以上，但光有速度不行，还得做到稳定与牢固，特别是深部打结要求更高。教授深部打结方法独特，当接过护士递来的带线血管钳时，教授左手已经完成半个打结动作，等右手血管钳绕过深部要结扎的组织时，只需半个动作就完成打结，动作不仅快，还稳妥又潇洒。田真有时会拿用剩下的线来练习各种打结方法。寒假回去前，他找教授说："能否借两把血管钳带回家继续练习？"教授严肃地说："不行！大家都借，病房里拿什么东西给病人换药？"田真觉得委屈。教授拍拍他肩膀，带他到教授办公室，说："我正想找你谈谈，组织部门想吸收你入党，让我做介绍人，你有这个想法吗？"田真觉得突然，不知如何回答。教授接着说："你表现很优秀，但没有组织的约束会走偏方向，今天借血管钳虽说只是小事，但说明你没有以更高的标准来要求自己。"田真终于开口说："我做梦都不敢想入党，连少先队、共青团都不让入，还能入党？再说我是个委培生，能在这里入党？"教授笑道："我们看过你的档案，这些没问题。我们单位级别高，不仅有资格授予军人三等功，还能自主发展党员，可以给你建立临时档案。"田真激动地站起来，立正，行了人生第一个军礼："是！马上写申请书！"

二十八

寒假，田真回到家后，第一件事就是告诉父亲自己要入党的消息。父亲难掩心中的喜悦，入党在农村很难，几年下来，村里也没发展两个新党员，像他们家的情况岂敢奢望，于是就嘱咐他："这事可千万别声张，尤其是不能让常天龙这种人知道，免得又黄了！"田真发现供销社已租给个体户经营，还听说，常天龙住进了精神病院；黑脸光棍已卖了房子，成了无家可归的人，只能住进祠堂；麻子光棍已死于台风，一场罕见的超强秋台风掀翻了他那被锯了"歇梁"的老房，他被当场砸死，结束了既是演员，也是看客，更是过客的一生，是村委出面给他善后，房基也归集体所有。

二弟已经辞职，办了个豆制品加工厂，想不到蹦跶了那么多年，又把自己嫁给了豆腐。大姐、二姐都在西安李家村做服装生意，年前正是最忙的时候，要到农历廿八以后才能回来。服装生意虽然辛苦，好在她们都建了新房，孩子们也懂事，知道父母不容易，学习成绩都很优秀。荷花姑妈就是那年下山的。社会经济飞速发展，在大山里着实撑不下去，山里的黄泥巴捏不出钱来。她两个二十多岁的儿子都没找到对象，这样的经济条件，谁家闺女会上门？"一门四寡妇"的名声也拒人千里之外。再说现在的年轻人都想往山外跑，认为大山里已找不到他们的前程。她全家下山后都挤在豆制品厂里，二弟让她管食堂，俩儿子帮忙送货或干点儿杂活儿。只有婆婆，那个老寡妇却不肯下山，说在大山里待习惯了，自己能照顾自己，荷花姑妈也不能拂逆。事实上，一些上了年纪的山里人确实不想离开大山，他们对大山有着深刻的理解。比如说，惊蛰过后就得下种子孵瓜秧；芒种前的阴雨天好种红薯，红薯秧还得斜着插才有好收成；萝卜要在七姑星没上山前种下，见过七姑星的萝卜秧便怀了春，没等长出才拇指大的萝卜就急着抽穗开花，就没了收成；麦子得秋收后就种下，好让麦苗被冬至前的朔风拂摸，才会气破肚子开出花来……可是，他们对大山外面世界的认识很肤浅，害怕失去原有的生活习惯与技能，就像高原居民怕下山会氧中毒头疼、久居船上的疍民怕上岸会晕陆几要被淹死一样。而她们家的另一个寡妇孔香兰，已杳无音信多年，这回啊，大山里的婆婆还真的成了一个孤家寡人。她是自愿的，可这世上有谁会愿意成为孤家寡人呢？

正月初八，小弟要办婚礼。自从二弟结婚后，小弟就去青海谋生，二弟是住在单位宿舍里，家里已不再做豆腐，也断了豆腐渣生意。小弟一去就没回来，现在是个包工头。国庆节一过，昆仑山的冻土已没法施工，他就带个湘妹子回来准备结婚，台湾小爷爷年前早早地来了。他在大陆待的时间越来越多，每次来大陆，总有人托他捎信带物，他自己则带几十盒万金油，这东西大家挺喜欢的，也花不了多少钱。他没必要带其他东西，因为大陆都买得到，况且就他那点儿钱，放在大陆亲戚当中已经算不上有钱人了，因而每次回台湾他还带走不少礼物。他之所以常来大陆，那是因为一起去台湾的老兵都相继离世，能说得上话的人越来越少了；儿女们也各忙各的，顾不上他，谈不上含饴弄孙，享受天伦；夫人因乳腺癌已去世，在世时，夫妻俩话也不多，连夫人都称他为"外省佬"。

田真带上干姐，一起陪同台湾小爷爷去看望翟奶奶，他想让翟奶奶也看看自己的干姐。台湾小爷爷很欣慰地说："两位医生陪同，这待遇可不一般，在台湾医生地位很高，如果谁家姑爷是个医生，都说是钓到了金龟婿，不过我可是代表过世的哥哥来的，也算是'狐假虎威'吧。"翟奶奶见到颜亦水，又是摸她脸又是摸她手，可开心啦。田真送上小弟的结婚请柬，见翟家还是贫穷如洗，又给了一些钱。他是委培生，带薪有工资。

回来的路上，田真和台湾小爷爷聊着往事。

干姐觉得不能让台湾小爷爷难过，这大过年的，还有小弟婚礼呢，得让他老人家开心才是，于是及时切换话题，说："西山水库这一带，他们给我们康院长起了个外号叫'药丸医生'，知道为什么吗？"田真摇摇头，她接着说："他早年从田间认得一些草药，也可以说是个'草药医'吧，但算不上中医，中药包括了草药，草药只是中药的一部分，中医是瞧不起'草药医'的。后来，他参加为期三年的'农医班'学习，但才学了一年，'农医班'就办不下去，他被派往西山乡当上了乡村医生。相比于后来才培训三个月就上田间地头给人治病的赤脚医生，他算得上科班出身，但人们习惯上仍把他归类于赤脚医生。再后来，因工作需要，他被调回白鹿乡，还当上了院长。开头几年，他连针筒都不会用，更谈不上无菌操作。给病人推注葡萄糖时，他嫌葡萄糖注射液不好抽，便端起水杯，先喝上一口，像公鸡打鸣似的抬头引颈，咕噜噜地漱几下口才把水吐掉，然后将葡萄糖注射液倒进他的空水杯里，接着，左手握针筒，右手抓活塞芯杆，将水杯里的葡萄糖注射液抽进针筒，这活儿干得比劁猪还累呢！"田真忍不住笑了，问："这葡萄糖里不光有他水杯里的细菌，还沾有他手上的细菌，这病人没事？"她接着说："那时候的人命贱，也没听说过有出事的，再说群众都认为他挺神的，神得连胎儿长在输卵管里都能看出来，有谁会质疑他的医术？死了那都是阳寿到了。"田真又问："那'药丸医生'从何而来？"她又笑道："在大山里当赤脚医生，免不了深更半夜要出诊，他给病人打了针退烧止痛药，或消炎药什么的，有时会借口忘了带口服药丸，家属得跟着他回去拿药，真实原因却是回来时要路过荒僻鬼火的坟地，他胆小，得有人陪伴嘛！这种伎俩很快被人识破，大家就给他起个外号叫'药丸医生'。他还挺乐意的，说山里人很淳朴，淳朴得居然舍不得把医生的名分，赐予一个昨天还和自己一起在地里劳作的人，当面叫医生背后却叫名字，而自己不管当面还是背后，都被尊称为医生，虽然多了'药丸'两字，但终究还是医生！"

台湾小爷爷驻足侧目，说："你们年轻人总是以一孔之见来否定全盘，真是'不识庐山真面目，只缘身在此山中'啊！

我离开大陆近四十年，感触颇深，当时大陆在百废待兴中还要腾出手来对付很多流行病，诸如鼠疫、天花、霍乱、伤寒、麻风、白喉、百日咳、血吸虫病等，需要投入很多人力、物力去防治。我想，'赤脚医生'就是在这个时代背景下产生的，我们必须承认，在当时的经济条件下，这是最好的措施。"干姐接过话茬说："是的，这些流行病基本上都被消灭了，这是非常了不起的功绩。有个反面例子，我们现在看到的小儿麻痹症患者，都集中在一个年龄段，往上追溯，那三年有很多孩子，由于某些原因，没吃到预防脊髓灰质炎的糖丸，落下终身残疾。"田真说："上小学时，赤脚医生给我们发过很多次糖丸、打过很多次预防针。我们农村往往瞧不起赤脚医生，其实，他们的工作关系到民生福祉。"

台湾小爷爷频频颔首赞同，接着又说："再比如供销社——"

"供销社怎么啦？"田真插嘴问。

"台湾也经历过物资匮乏，我是过来人，物资不有效地统一调配，社会就非常混乱，大局难以把控，到头来，更吃亏的还是弱势群体；我看大陆供销社，触角伸到每个角落，应该是个完整的体系，能发挥重要作用，虽然有少数人从中渔利，但对于整个社会来说，其功能不容小觑。"田真他俩相互看了看。

台湾小爷爷又指着一汪碧水的西山水库说："这水库真是功在千秋！你们可听说过大旱求雨吗？"他俩都摇摇头。台湾小爷爷接着说："以前常有旱灾，一旱就五十多天不落雨，我见过民间求雨习俗。如今有了这方水库，几十万人用水无忧，千顷良田有了保障，你们恐怕是见不到求雨习俗了。台湾的阿里山因为常有地震，山路塌方很常见，可很多路断了，晾上大半年也通不了车，因为修路得征用私人土地，人家不答应就只能耗着。"田真问："台湾连修条山路都这么难？"台湾小爷爷笑着，微微点头，接着说："再比如说这方水库吧，这么大的地方，且不说上百年的罗汉松与红豆杉，就这满山遍野的枫香，放在台湾，肯定会被开发成旅游景区，这点我在台胞联谊会上曾多次向政府部门建议过。"

这时，干姐忍不住插话，问："这里能开发成景区，就凭'停车坐爱枫林晚，霜叶红于二月花'吗？"

田真他俩似懂非懂，但各自都在想象着一幅大致相同的画面：澄碧天，黛蓝水，枫叶如火，他俩坐在红叶地毯上，烧着枫叶，煮着女儿红，斑驳的阳光穿过红叶照在橘红激滟的酒中，也映红了她的脸庞。她时而翩翩起舞，玉手亲吻着飘飘洒洒的红叶，时而又小坐，共抿一口，莹澈的眼看着他。他品着芳醇馔人的美酒，望着灿若流霞的她，如置身于桃花之坞……

想着、想着，终于回到家。一路上，有人认出田真就是当年那个豆腐郎，而他却没能遇见挑柴火的山里姑娘，与其说现在很少有人卖柴火，不如说，他已经不再是当年那个情窦初开的少年了。

待到初八小弟婚礼的那天，干姐也一起忙前忙后，质朴而不失娴雅，台湾小爷爷竖起大拇指夸她。初十，樟树叶燂过的香味还没散尽，他俩都各自回了学校。那年暑假，他俩都没回来，都忙于做实验课题。

二十九

　　田真三十二岁那年成功转博，他还是坚持不能因为自己的事而让她改变主意，她有权决定认不认亲生父亲，但这两件事不能绑在一起。最后，他还是成了一名委培博士生，钱不是最重要的，重要的是权力的威严不容撼动！一言以蔽之，就是董事长的脸面问题，必须把他弄回原单位。

　　上博士那年的春节前，赶在她出国留学前，他俩终于领了结婚证，她问："为何非我不娶？"他俏皮地说："我从小被人瞧不起，得找个瞧得起我的妻子，要不然，这日子咋过？"她还是改不了口，习惯将婆婆叫成干娘，说干娘比亲娘还好。干娘说："爱喊啥，就喊啥，反正都是我们家闺女。"同样，田真还是叫她姐。她不幸失去了所有家人，可上天体恤，又给她一个温暖的家，上哪儿找这么爱她的丈夫、这么好的婆婆？还有，导师也对她视如己出，这些又让她觉得，自己是世界上最幸运的人。

　　他俩没办正式的婚礼，只是在除夕夜，在家摆上两桌，亲人们聚聚，算是结了婚，也算过年辞旧迎新。春节过后，一天夜里，一场莫名其妙的大火烧毁了陈老板的厂房。大火把黑夜掏了个大窟窿，也烧死了常天龙，但他不是被大火直接烧死的，是被硬泡产品燃烧所产生的毒烟熏死的。张站长因搭建违章建筑，还出了人命，就进了监狱。后来，他在监狱里想了几年都没弄明白，常天龙为什么会深更半夜出现在蚕茧站里？他所掌握的唯一线索是，火灾前几天，有人看到常天龙拖着蹒跚的脚步，像个嫖娼多年、嗑药成性、千金散尽的浪荡公子，在蚕茧站的围墙外转悠徘徊。他怎么会想到，自己的大屁股竟成了常天龙的眼中钉、肉中刺；也想不到，常天龙已无可炫耀，就炫耀罪恶，宁愿让人记恨，断不可被人漠视。

　　田真还记得，在他读博士的第二年，翟家也下山了。那是一次偶然。县公安局一位领导的父亲不幸得了肝癌，通过田真一位在县公安局工作的高考复读班同学介绍，来上海找田真帮忙治病。田真在军医大学里见多了，在他们医院，不管当官的、演员明星，还是企业家，来的都是病人，在手术台上一躺都是赤裸裸的病人。全国那么多病人都往这边跑，且不说很难找到著名教授开刀，就连弄张床位都很难，都在找关系想早点儿住进来。田真听说，有位会走后门的患者，做好手术出院一个多月后，回上海复查时，住进医院旁边的小宾馆，发现原来和他一起住在这里等床位的病友也在，便寒暄问："也来复查了？"病友叹息着说："都还没开刀哩，这不还一直等着床位呢！"田真还见过，一位患者家属，求着医生把住院单上的预缴费从五千改成十五万！说是钱在身上不放心，存进医院才踏实，怕医生认为他们家没钱不给好药用。这人啊，要是得了这

动，他就在旁边小心搀扶……同室病友疑惑问："田博士真是上心啊！你们究竟送了多少红包？"领导扯一下嘴角，浅露不屑的笑，心想，区区几个黄包车牌照，就把上海博士拿下。

❦ 三十 ❦

颜亦水留学回来不久，就发现自己怀孕了，还是对双胞胎。因妊娠反应明显，加上有过刮宫流产的经历，导致前置胎盘先兆流产，因而一直在保胎治疗，还没来得及探望亲生父亲。导师说："都快四十岁的女人了，能怀上很不容易；这个年龄属于高龄产妇，双胞胎确实风险很大。"她当然懂得这个道理，也知道导师有办法把其中的一个胚胎处理掉，但她坚持要冒险生下双胞胎。她对田真说："那天我拿到硕士研究生录取通知书，被干娘抱在怀里痛哭的时候，有种非常舒适的归属感、亲情感。我渴望亲情，我深爱这个家，双胞胎是上天对这个家的赐福，无论有多危险都要生下来。"干娘在大学附近租了一套房子来专门照顾她，导师也替她争取到留校的机会，往后就在大学对面的附属医院里工作，这样学习、工作、生活都方便。在干娘的小心照拂下，她克服了妊娠期种种困难，中途也曾经有过危险，但在经验丰富的导师的全程把控下，还是有惊无险地度过了妊娠期。

生产那天，她这种情况，只能选择安全系数相对高的剖宫产。田真因为有医生身份，再说这家医院的很多老师他都认识，才被允许进手术室照顾妻子。手术室设备一流，是采用半身麻醉。主刀医生经验丰富，操作娴熟，不到二十分钟就把两个男婴从子宫里托出来。田真睁大眼睛，屏息凝视手术过程，紧握着妻子的手，两人手心都出了汗。妻子通过手术无影灯的不锈钢镜面反射，也能知道手术大概进程，这些操作过程对她来说也太熟悉了。当婴儿的啼哭声打破手术室沉闷的气氛，田真夫妇俩都感动得落泪。田真抱过婴儿让她亲吻，顺手拭掉她的泪水。当缝好手术创口，准备返回病房时，突然，监护仪发出刺耳的报警声！手术室顿时空气凝固了，麻醉师报告："血氧饱和度在急剧下降！"主刀医生："不好！是羊水栓塞，立即抢救！"田真回头一看，妻子脸色苍白、呼吸急促、大汗淋漓，汪着泪水绝望地看着他，说不出一句话来，很快昏迷过去。麻醉师迅速实施气管插管，护士加快输液抗休克……接着，呼吸科、心内科、重症监护室，各科大主任都火速赶来支援，学校领导、导师也闻讯赶来。心肺复苏持续到中午，气管里都被挤出了血色泡沫，最终还是没能救回来。田真流着泪，不断拭去妻子嘴角的血水与眼角的泪水，这是他心爱的姐啊，怎么会突然变成冷冰冰的尸体！在他年少时期就出现在他的梦境里、在他被很多人鄙夷的日子里，鼓励他，帮助他走到今天的姐，怎么会突然离他而去！姐可是为了拥有亲情、为了能拥有一个温暖的家，冒着生命危险怀胎生子，而如今却没能等到抱上自己的孩子，品尝到成为母亲的滋味就撒手人寰……他感到天都塌了。

是啊，天都塌了！但人死不能复生。很快，红十字会来处理遗体。颜亦水在读研期间，了解到我国遗体捐献现状任重道远，觉得医生更是责无旁贷，便办理了遗体捐献手续，用于器官移植与医学研究。田真在医院里见多了生死离别，当目送妻子遗体离去时，心里却是多么地不舍，多么地痛啊！但他作为遗体捐献执行人，必须配合红十字会尽快办理交接，因为器官移植必须争分夺秒。此刻，大学的另一家附属医院，器官移植中心气氛凝重，大家都在有条不紊地准备着，等待几台器官移植手术；全院有关科室都接到紧急通知，厉兵秣马严阵以待，为器官移植手术保驾护航。

几天后，田真特地来到妻子导师办公室，向导师深深鞠躬致谢，感谢导师的知遇之恩和悉心关怀。他在校园里踽踽独行，耳边回响起姐的笑声，走出校门后，他转身伫立良久，回想起他俩在这里学习生活的点点滴滴，回想起姐在这里度过的五年硕博光阴，那是姐一生中最幸福的时光啊！他望着校名那几个浑厚苍劲的金色大字，直到眼前模糊不清……

怀着郁结的痛苦，田真只能先将俩婴儿带回老家，让父母帮忙抚养。他想，在回上海之前，得去探望一下先妻的亲生父亲，尽一份应尽的义务。一个将死之人还有什么不可原谅？当他走过了阴曹奈何桥，喝过眼泪熬成的孟婆汤，还有什么前世爱恨情仇不可忘却？世上的孽情本来就不该发生，见与不见皆由老天来定数，既然上天不让他们父女相认，就没了父女缘分。可是妻子原本想去拜访的，自己不能对不起死去的妻子，至少也得让对方知道妻子已经作古的事实。田真斟酌思量，终于拨通公安局领导留给他的电话，对方却先开口，声音嘶哑变调："妹夫，苦了你了！"田真诧异地问："你都知道了？"电话沉默一会儿，对方接着说："也刚知道。一个多月前，家父病情急遽恶化，已没再次手术切除肿瘤的可能，唯肝移植手术尚可一搏。但家父年龄大、身体条件差，没医院肯收留，再说用于移植的肝源也很难找到。后来得知，东南医科大学附属医院的一位教授，刚从美国匹兹堡器官移植中心回来，经会诊后愿意收留，就住进来等待合适的肝源。手术非常成功，术后没有排异反应，器官亲和性出奇地好。手术前做器官匹配测试，医生只说肝源相当理想，也没说其他的。前两天医生才告知，基因测试显示提供肝源的人竟是生物学上的女儿！我查了红十字会的捐献表格，才知道你竟是我的妹夫。"田真震惊，叹吁道："原来如此！"对方又接着说："刚才我正在考虑怎么跟你说，看来这层关系你们之前已经知道了？"田真回答："是的，当时妻子尚在国外，后来还没来得及……"对方打断话说："我对妹妹的不幸非常难过。目前家父非常虚弱，不能接受这残酷的现实，适当的时候我会告知家父，妹夫的心意我领了。"田真歉疚地说："我们还没尽到晚辈的义务。"对方宽慰说："家父上次在上海开刀时，你已经尽到晚辈的义务了，如今家父身上还长着妹妹的肝，她把最后的爱留给家父了！"

田真挂断电话后，心想，妻子与生父之间有父女之爱吗？妻子把爱留给世人，可上天却偏偏把这份爱施舍给生父！生父无意中给了她生命，她又无意中把肝脏还给了生父，冥冥之中上天已有定数。他这么想，也算差可自慰，但身为医生的他，此时又很难释怀，妻子为什么会羊水栓塞？这种产科最凶险的并发症为什么会发生在妻子身上？虽然医学上对这种病症原因有很多说法，但普遍认为跟疤痕子宫有直接关系。疤痕子宫，那是在她还只是个懵懂无知的少女时，打胎留下的后遗症，而始作俑者正是常天龙，仿佛是替他舅舅索回一条生命。

　　房前依然是那条白鹿河，河上依然还有座白鹿桥，人却已阴阳相隔，生死两茫茫。面对愁结的现实，他只能留下两个没能喝上一口母乳的婴儿，返回上海继续他的学业。他懂得，妻子爱学习，因而看得起读书人，他俩因为读书而走在一起，他必须完成学业，延续着妻子对他的爱，也只有读书能让情感得以依傍。

　　香港回归的那年，他终于博士毕业。瓯之江集团公司董事长的年终工作报告里多了一项值得骄傲的业绩，公司为国家输送了一位医学博士后。是的，田真博士毕业后顺利进入博士后流动站，他跟公司说了再见。田真在读硕士、博士期间，还是公司员工身份，每年都得回公司写年终总结。同事们也大致了解他的情况，知道他进博士后流动站的缘由，都说是被公司逼成了博士后。他们都同情田真，尤其是死了博士夫人，还丢下两个没娘的儿子，怪可怜的。他们说，如果公司不揪住田真不放，或许他俩早就结婚生子，不会因高龄产妇酿成悲剧。公司董事长在前不久也已得知田真竟是老上级的女婿。那天，在老上级弥留之际，儿子告诉老爷子，上海的田真博士其实就是他女婿，女儿已仙逝，换上的肝脏就是从女儿身上取的！还指着在场的董事长说，有传闻女儿是被集团公司给害死的。董事长挂不住脸，但此刻也不好争辩。老爷子看一眼老部下，艰难地说了句："都是我俩造的孽啊！"说完就咽下最后一口气。

第九章

三十一

也就在香港回归的这一年，白鹿村发生了一件大事。由于梅龙镇在飞速发展，地域上已经与白鹿村连成一片，县里做了城镇长远发展规划，白鹿村将被整体拆迁到白鹿山东南面。这件事把前几年留下的难题又推到风口浪尖上。几年来，白鹿村周边出现很多工厂，集体经济有了长足发展，白鹿洲也已建成工业园区。大家找钱更容易了，有的村民甚至不干活儿光靠出租房子就有不少收入。西山乡不少山民也纷纷下山，希望能搭上这趟时代快车，他们靠自己的勤劳智慧已融入社会底层的各行各业，其中就有一些当年大饥荒时为了活命被收养的人，也有像田荷花那样几乎是被卖到山里的女人。现今他们为了住房和孩子上学，强烈要求迁回安家落户。但这事拖了几年都解决不了，因为涉及的问题很多。从法律层面讲，只要村里同意接收，国家肯定允许。但这里不仅涉及分田分地、集体经济分红、村民养老保险等，还涉及一些很棘手难办的事。比如说，如果让被收养的儿子迁回来，那他的家人怎么办？又比如说，如果嫁到大山里的女儿能迁回来，那嫁到外地现今却已离婚的女儿能否迁回来？有些村民就曾经质疑过："离婚了的儿媳赖着不迁走，离婚了的女儿就别想迁回来；结了婚的女儿赖着不迁走，进了门的儿媳也别想迁进来！"事情的复杂性远远超出人们的想象，所以这事就这么一直拖着。

如今，这事已经拖不下去了，村里的反对派主要是上了年纪的老人。他们认为，按照祖上的规矩，女儿嫁出去就是外人，儿子过继给别人就不能入家谱；现在想迁回来无疑是来抢钱的，钱还是次要，祖上规矩不能破。支持派主要是年轻人，他们中间不少人忙于自己的公司事务，不在乎这点儿钱，只要亲人们开开心心就好，也不在乎什么祖上规矩，他们说身上的基因是抹不掉的，亲人的关系明摆着呢！最后，这事只能在村民代表大会上投票表决，很多村民也参与旁听见证。

在投票前，村委会还请老支书讲几句。老支书感慨万千地说："我在村里折腾了一辈子，哪能跟你们年轻人比？你们干的可都是正事。听说过灾荒饥馑时'除四害'吗？当年说是麻雀糟蹋了粮食，发动所有男女老少抓麻雀，折腾了几年，麻雀不见了，粮食产量却没见增长，后来才知道，麻雀吃掉的害虫不比粮食少。我们抓麻雀就不是正事，把庄稼种好才是正道！现在水稻亩产都上千斤了，还怕几只麻雀？同样的道理，我们不必顾虑他们迁过来会分走我们的利益，把经济发展起来才是硬道理！我们当年为什么要把儿子送给人家？为什么把女儿嫁到大山里？还不是因为太穷吗？人家收留了我们的儿女，还每年送来不少粮食，甚至把楼板都拆下来换粮食送上门，没有这些粮食，我们当中很多人早就饿死了。现在，我们日子好过了，但我们不能忘了这份恩情啊！娶进门的儿媳不让迁进来？天下哪有这样的事！离了婚的儿媳还是你孙子的娘，人家有难处才没迁走，你赶她走，得先问问你孙子答应不！结了婚的女儿不迁走，还不是也有难处，如果有更好的着落何苦不迁走？你对女儿就那么狠心？女儿离婚了，那是落难啊！你忍心拒之门外？昨晚，我寻思了一宿，终于想明白，我支持让他们迁回来，但是……"老支书停下来，喝了口水，把哽咽一起咽下去，大家鸦雀无声地等着他的下文。他接着说："迁回来可以，但必须把大山里的父母带下山，我们不是为了补偿自己的儿女，让他们回来享福，我们是报恩啊！"顿时，全场响起热烈的掌声。老支书江河奔腾般的心里话湿润了众人双眼，最后，全票通过。村民们还说，这是老支书一生中最有水平的演讲。

三十二

田荷花回去请婆婆下山，觍着脸说："只有婆婆您下山，才能分到建房地基，人家可是看您的脸才给的！"婆婆可不吃她这一套，不屑地说："大山里有的是地基。"田荷花好说歹说都没用，最后她急了，捏住七寸要害说："下山就会有孙媳妇！"老寡妇立马站起来，说："赶紧收拾收拾，走，快走！"田真家分得三间农民安置房地基，加上那个茅坑赔来的一间，总共有四间。小弟生意上也赚了不少钱，又以小爷爷的台胞名义，向村里买了一间，兄弟三人五间，连同姑妈家分到的那一间，由小弟出钱，准备建一幢六间九层大楼。台湾小爷爷让他们把电梯置在大楼中央，这样每层就有四套，总共三十六套。房子还没建好，但必须先分好。田勤俭说："荷花虽说没出钱建房，但也要分给六套，不能少。三兄弟每人只能得九套，剩下的三套给翟家，他们虽然不能迁进来，但房子还是要给的，好让翟家孙子们上最好的学校。"但是，田真表示："我看样子只能留在上海了，给一套偶尔回来住就行了。还有八套，给台湾小爷爷留一套，大姐二姐各两套，剩下的三套留给翟奶奶。我还想把翟奶奶请下山！"众亲没有异议，台湾小爷爷也首肯，说田勤俭父子明事理！他们也打算留下几套自己住，其他都出租。有村民说，田真当年砸掉麻子光棍的粪缸时，早就想到会有今天，一个粪坑那可是六套房啊！其实，田真对房子没啥兴趣。他想今后留在上海工作，早就在上海周边买了一套最便宜的房子，那时才一千多一平方米，还不到老家商品房的半价。颜亦水在世的时候，就在怀孕那段时间，觉得俩儿子往后应该在上海上学，考虑到上海户口问题，她托人卖掉父母留下的老宅，加上母亲留下的存款，已交代田真在同一个小区再买两套房，也算是父母留给俩外孙的念想。

田荷花将有六套房！这消息一传开，俩儿子都有了对象。翟善生也将拥有六套房，孙辈们可以上最好的学校了。翟家父子起早贪黑，黄包车生意很不错，三辆车月收入过万，但很遗憾，翟奶奶还是不肯下山。

县里为了推进革命老区建设，成立西山经济开发区，正在大力招商引资。开发区不设在大山里，而是在山脚下的路头村一带。这里本属西山乡管辖，贫瘠旱地居多，设立开发区既不占用水田，又能吸引更多山民走出大山，并且有利于西山水库饮用水资源保护，还为今后西山旅游景区开发留下伏笔。二弟的豆制品厂也因拆迁将要搬到西山经济开发区。他觉得传统行业做不大，对豆制品已失去激情。他说："任何行业都需要激情，否则钱越数越慢，越数越少。"他想跟小弟合伙创办电子科技有限公司。这正合小弟心意，他在大西北打拼多年，从木匠到包工头，再从超市老板到矿老板，他趁铅锌矿行情飞涨时果断出手，回乡再创业。他们没听台湾小爷爷当初的建议，一直没买股票，认为把钱交给上市公司不如放在自己口袋里踏实。但是，台湾的模具设计水平很高，他们倒是听从台湾小爷爷的提议，找来几位台湾模具师傅帮忙。小弟算是生意场上的老江湖，一圈倒腾，县里还给冠以"台资高新企业"的称号，台湾小爷爷就"被"成了股东。不仅如此，小弟还让翟家趁机卖掉三辆黄包车，加上前几年骑黄包车攒下的钱，凑足七十万，摇身一变，成了电子科技有限公司的股东，好让公司股东结构中有"台资"与"革命老区"双重光环，在税收与融资方面，均能争取到特殊政策。翟家都在厂里找到合适的岗位，翟善生对厂里的员工喊他"翟总"感到别扭，他说，我就一个管花草打扫卫生的老农民。

大姐、二姐的孩子读书好，都想在大城市里工作，姐姐们就无心接手豆制品厂，她们只往公司里投了点儿小钱。二弟把豆制品厂里的全套设备悉数赠送给姑妈家。他们另租厂房，重新创办起豆制品厂，因为有成熟的工艺和稳定的客户，所以一切顺当，水到渠成，好像只是挪了个窝。田荷花俩儿子像他们爸爸一样，浑身有使不完的力气，把豆腐生意做得淋漓尽致。媳妇们不再嗲声嗲气，也不爱打扮花钱了，从外来打工妹蜕变成了老板娘的她们懂得，花出去的每一分钱可都是自己口袋里的钱，她们说："口袋里有钱，才有底气！"

千禧之年，田真博士后出站，被上海一家大医院聘为外科主任医师。他回家小住几天，准备让母亲陪着俩孙子在上海上学。其间，街道办事处请他去养老院作一次公益讲座。那天，来接他的工作人员竟是原来的乡中王校长！王校长还是老样子，一张被定格在二十年前的老脸，让他有恍惚之感，仿佛一棵上了年头的古树，哪怕是再添上几代人的光阴也不会更老丑到哪里去；眼前这瘦小却又硬朗的身躯，让他想起当年到乡中打证明时，那个欲将全部身体重量加盖在章上的王校长。他心中油生感恩之情，迈上一大步捧住王校长的手，说："王校长，我是您的学生啊！"王校长愣了一下，似乎还没想起来。他赶紧又说："就是让您帮忙打证明的田真！"王校长笑了，脸上的皱纹像龟裂的树皮，说："原来田博士就是你？真没想到，你竟成了博士，真了不起啊！"王校长激动得像找到了失散多年的孩子，那种自豪，犹如自己生了个博士儿子。一路上，田真简单地介绍了自己的情况，也问了王校长近况。王校长早已退休，退休金也不断提高，生活无忧；因在家闲不住，就做点儿公益，被聘为养老院名誉院长，每周都会去养老院工作一两天。

到了养老院，开门的人竟是黑脸光棍，田真一眼就认出他的黑脸。田真先是一愣，紧接着一个浅笑，叫了一声叔，叔脸上老挂着笑，仿佛对这个世界除了笑，不会有其他评价，这便让田真的笑显得自作多情，更有一笑泯恩仇的意思。当然，随着时间、阅历和社会地位的改变，格局也随之改变，一碗童子尿的旧仇宿怨早已成了个笑话，谁会记恨那些现在看起来已小得如同仨瓜俩枣的破事？王校长见他俩认识，就对田真说："噢，想起来了，你俩是一个村的，他还救过我的命呢！"接着，向田真介绍起黑脸光棍的情况。黑脸光棍被政府部门送到养老院，他却自告奋勇地充当起替补门卫的角色；他老坐在门口的接待室里说着陈年旧事，老人们却偏偏喜欢听他那些说不完的八卦，他成了养老院里最受欢迎的人。有一次，王校长不小心被电击倒，还是他用康院长的方法对王校长做人工呼吸，王校长才捡回一条老命。田真不觉得奇怪，但出于礼貌，还是说："看来，叔在这边过得挺好的，可谓老有所为。"黑脸光棍嘿嘿两声，便又打开话匣子："这人啊，能活在世上，就是让别人觉得他有用。以前我喜欢赶猪牯，几个乡的母猪都等着我配种，没了我，它们都生不了崽，人们都觉得我有用，但后来有了良种站，我就成了个没用的人。在生产队，大家辛苦劳动是为了养家，可我一人吃饱全家不饿，我不需要那么辛苦，没人需要我去养他，所以我也是个没用的人。我在路寮里闲聊，是为了有人听我说话，想让他们承认我有用，但他们不把我放在眼里，始终不给我赶猪牯般的面子。如今养老院里的老人们喜欢上我的乡间旧闻，有人主动给我倒茶，抢着给我递毛巾，就想听我卖的关子，想给他们带来更多的快乐，同时也成全我，成为有用的人……"王校长打断话："讲座马上要开始了，我们快进去。"说完，便拉着田真往里走。黑脸光棍跟着后面，还唠叨着："麻子光棍就没赶上好年头，村里都给补缴了社保、医保，老人每月还拿八百元集体分红呢……"

三十三

　　田真带母亲与俩儿子去了上海。一个周末，母亲独自出去买菜，很长时间没回来。突然，田真接到手术室麻醉师的电话，说刚才急诊科送来一位因车祸受伤的"三无"病人（无姓名、无陪护人、无联系方式），看起来像是他的母亲。他赶到手术室时，神经外科的大夫们已经开始做开颅手术，说救回来的可能性很小。他无法确认手术台上的患者是否真的就是自己的母亲。忽然，他想起母亲身上的"小肚脐"，他穿上手术衣，在不影响手术的前提下，将手从手术巾的下方伸进去……天啊，他摸到了那个"小肚脐"，小时候他摸着睡觉的"小肚脐"！日本侵略者留下的罪证……

　　全村整体拆迁不可能一蹴而就，田招弟没能等到大楼落成的那一天。这会儿，田家正急着给她找公墓。这几年，为了保护环境已经不让建私坟，国道边，视线所及的私坟都要拆迁，说是要"青山绿化"。田大宝的坟墓也被红漆写上一个很大的"拆"字，只是先前日子家里正忙着建大楼，迁坟显得不协调，先拖着。翟家的坟墓在大山里，本来不受"青山绿化"影响，但坟墓恰巧坐落于快要开工的高铁隧道口，也得尽快迁走。台湾小爷爷提议，田翟两家应在同一陵园买公墓，连在一起，方便日后清明扫墓，也让逝者多个照应；还说自己也要买一个，老兵可带配偶骨灰回大陆，待自己百年之后，晚辈可要顺带给他们扫墓，记得也给他们烧堆纸钱。田翟两家赞同。田勤俭说，得赶紧买，现在公墓一天一个价。速战速决，他们一共买了九穴，翟家两穴、台湾小爷爷两穴、田勤俭夫妻两穴，爷爷田大宝要三穴。田招弟的骨灰先入土为安。择日又将爷爷田大宝坟墓迁进陵园公墓，按老规矩，原配为大在左位，续弦为小在右位。翟家迁坟，说要等到大楼落成、乔迁之喜之后。

大楼终于落成。田荷花分给俩儿子每人两套，在同一层，还有两套跟哥哥翟善生在同一层。翟善生同样把剩下四套分给俩儿子。这样安排，方便田荷花照顾婆婆与生母翟奶奶。当然，翟奶奶是不会下山的，她得守着死去的丈夫，这是她的念想。台湾小爷爷说："趁迁坟之机，把嫂子请下山。"还说："我想早点儿把夫人骨灰带回来。快点儿择日迁坟，我要赶在回台湾前，把嫂子请下山。"

翟家迁坟的那天，田翟两家来了很多人。铳炮喧天，笙箫锣鼓铙钹齐鸣，焚香秉烛，台湾小爷爷让众晚辈下跪叩头。他对着坟墓说："翟兄弟！田翟两家是同一条藤上的瓜，这条血脉之藤，承载着翟家的恩情。今天请您下山，也请允许我们带贵夫人下山，好让晚辈们孝敬，颐养天年。"站在一旁的翟奶奶早已泣不成声。接着，田真和翟伯伯一起拾掇遗骸。棺木已朽，骸骨还算完整，在骨盆中央，田真发现一枚扁圆状石头，作为医生，他太熟悉这东西了，是一枚膀胱结石！田真记得，翟奶奶曾经说过，当年丈夫小腹鼓胀得像怀胎，却拉不了尿。心想，就是这枚膀胱结石，夺走了翟奶奶的丈夫，又让她背上典妻的屈辱！如今这种小毛病，一个小手术，或者膀胱镜下激光碎石，就能轻松搞定，哪怕是先插根导尿管，也能救命。作为医生，他感到肩负的责任——生命之托，重于泰山！遗骸拾掇停当，他们兵分两路，一部分人先下山，按照习俗，赶在涨潮时将遗骸迁入陵园。田真等人留下替翟奶奶收拾，他们早已给翟奶奶准备好新唐装，田荷花俩儿媳帮翟奶奶换上新装，绾起头发，他们要等到山下一切安排妥帖后才带翟奶奶下山。

当他们到达大楼前时，门前已铺上红地毯，众人早已在门口迎接，像迎接新娘子般鞭炮齐鸣，随着田荷花的一声"娘"，翟善生夫妇俩率田荷花、田勤俭、田真众晚辈下跪……电梯倏然间升到顶楼，翟奶奶眺望远方，海阔天空，波澜壮阔，太阳已被白浪掀到半天上。

台湾小爷爷想起1980年"荣民"医院扩建时，第七公墓迁出三千多具背井离乡、客死他乡的"荣民"遗骨；想起那些在台湾金湖村从事水产养殖的老兵，他们躺下来的时候，连块干爽的墓地都找不到，可谓是"永眠黄泉之下"。他难抑凄怆，闪着泪花，指着太阳的方向说："那边就是台湾，不到三百公里，回家的路却走了四十年，回家真难啊！"他停了停，把哽咽吞下去，接着说："我把夫人还留在台湾呢，这算是回家了吗？"

台湾小爷爷没能回来。他回台湾后没能说服子女，他们不让父亲带走母亲的骨灰。后来，他突发急病，死于心肌梗塞。他把自己留在了台湾。

尾声

后来啊，小爷爷、翟奶奶、翟善生夫妇都一个接一个地走了。台湾小爷爷买的那两穴公墓，虽立了墓碑，但一直还空着。

田荷花的俩儿媳，曾经是走南闯北的打工妹，也算是见过世面的人，比老公更有开拓精神，在她们的带领下，豆制品生意不断做大，还借互联网时代的东风，把生意做向全国。翟家在电子科技有限公司也有不错的收益，公司从最初生产音像电子配件，到信息通讯电子配件，紧跟时代的步伐快速发展。翟善生的孙子受过良好的教育，大学毕业后被公司派往深圳，经营公司设在深圳的档口。经过几年的摸爬滚打，站在市场最前沿的他抓住商机，不仅让公司在深圳开设分厂，生产空调与汽车电子配件，还在深圳买了不少房产，公司与个人资产成几何倍数增长。正所谓"江山代有才人出，各领风骚数百年"，他已是公司真正意义上的引擎，由他挂帅的西山旅游景区开发项目，也正在如火如荼地建设中。

田勤俭快八十岁了。清明前，田真以医学专家身份参加了西山旅游景区康养中心项目研讨会。他蓦然发现，父亲的脊背已弯得像一张犁，瘪嘴一直在动着，仿佛是在咀嚼记忆的碎片，反刍人生的甘苦。田真鼻子一酸，心想，是啊！每个人都得屈服于岁月光阴。有邻居说："你父亲该是穷怕了，每天都呆滞地坐在大楼前，盼望着租房客，房子空着比水田荒着还心疼。"田真只是笑笑，心里明白，父亲每天都要打扫一遍台湾小爷爷的那套房子，每天都在大楼前守望，生怕台湾的亲人回来时找不到家。有段时间出租房紧俏，荷花姑妈说："台湾那边好久没来人了，不如先把这房子租出去？"父亲生气地说："不行，世上哪有不回家的人！"田真不知父亲能否等到那一天。

清明那天，田真带着家人去扫墓。快到公墓时，远看门口有两位军人，正将一位大概九十出头的老人搀扶进轿车里。轿车迎面而来，副驾驶座上也是一位年龄相仿的老人，他觉得很眼熟，却一时想不起来。

到了墓前，发现台湾小爷爷的墓碑前有个花圈，落款是：小满。田真想不起还有个叫"小满"的人，却恍然想起，轿车上那位眼熟的老人正是老雷。

2020 年冬月初稿

2022 年夏二稿

后记

生活的轨迹往往由无数的偶然编织而成，我涉足小说创作，也是意想不到的偶然。

2019年之前，我在微信朋友圈分享家乡的俚语故事，初衷简单而纯粹——呼吁朋友们珍视和传承我们的方言与乡土文化。当普通话成为我和女儿日常交流的通用语言时，我愈发感受到乡音俚语的珍贵。未承想，这些故事竟引起了朋友们的共鸣，他们鼓励我将这些故事结集成书。但我深知自己的文字功底尚浅，不敢动笔。

然而，2019年这个时间节点改变了我的生活节奏。夜晚的寂静让我有了更多的思考时间，我决定尝试写作，用文字记录下那些沉淀在心中的故事。我思索着如何将这些片段串联成篇，散文的形式显得过于单薄，而小说的框架却能为我提供更多的腾挪空间。于是，我开始了小说创作。

我翻阅了《收获》《西湖》《江南》等优秀刊物，希望能从中汲取写作技巧。然而，当心中的故事开始涌动时，我发现文字如同洪流般不可遏制。我写下了三万字，满心期待地发给朋友阅读。然而，朋友的反馈让我有些失落——我的作品更像是一个故事大纲，缺乏小说的细腻和深度。我重新审视自己的作品，决定暂时搁笔，继续学习。

半年后，我再次拾起笔端，开始了漫长的创作过程。三年间，我反复推敲修改，终于完成了这部作品。尽管回头看来，仍有许多不尽如人意之处，但我已经尽力将心中的故事呈现给读者。

小说是虚构的艺术，虚构的意义仍然要大于对史实的钩沉。我试图通过虚构来丰富和深化这些故事，但作者的影子仍不可避免地渗透其中。小说中男主人公的母亲被日寇所伤的情节，与我母亲年幼时的经历有着惊人的相似，说明我在创作时未能把自己藏得足够深。

我母亲能活下来是偶然，我能活下来也是偶然。

我才五岁时，母亲带我去东街成衣社上班。我趁母亲忙于手头工作时，爬到靠窗的桌子上玩耍。桌子与窗户齐平，窗门关着，也已插好插销。可五岁的小孩哪里知道危险，我将插销拔上来又插回去，觉得好玩，且反复去推窗门，看看插销是否管用。谁知这插销并不牢固，我身体重心往前一移就推开窗门，跟着一头栽了下去。我从三楼坠到二楼时，小腿钩住一条电线，下坠速度才慢了半拍，快落地时，一位驮着整捆草席的民工正沿街穿过，我正好砸中他的草席，接着又不偏不倚地落在药店的筐箩中，那天是梅雨后的大晴天，收购站要搬出库存的草席曝晒，药店也得晒草药。我在草药堆里动弹不得，幸好只摔断了一条腿。这一连串的动作本应只能发生在电影特效镜头里，却在我的身上真真切切地上演了一番。那天一连串的巧合让我躺进草药堆里，冥冥之中已注定我的职业。

我在医院里都快干到退休了，2019年这个时间节点却给我打开写作之门，让我有机会静下心来，好好地回忆自己的长辈。相信朋友们会在书中发现他们的背影，要是能在字里行间找到晨星般的泪珠，那便是他们对人间的眷恋与留给我的爱。

在此，我对三年来一直鼓励我，并提出很多宝贵意见的师友表示由衷的感谢，没有你们的帮助，这本书不可能面世。希望这本书能成为我们共同回忆的一部分，也期待未来能继续与你们一起探索更多美好的故事。

2023 年秋写于乐清虹桥镇